宮沢《みやざわ》賢治《けんじ》

宮沢賢治大活字本シリーズ②

セロ弾きのゴーシュ

セロ弾きのゴーシュ／よだかの星／水仙月の四日／
鹿踊りのはじまり／ガドルフの百合／かしわばやしの夜

三和書籍

【凡例】

・本書に収載の「セロ弾きのゴーシュ」「よだかの星」の底本は、『新編　銀河鉄道の夜』新潮文庫、新潮社、「水仙月の四日」の底本は、『宮沢賢治全集　8』ちくま文庫、筑摩書房、「鹿踊りのはじまり」「かしわばやしの夜」の底本は、『注文の多い料理店』新潮文庫、新潮社、「ガドルフの百合」の底本は、『風の又三郎』角川文庫、角川書店である。
・文字データは、青空文庫作成の文字データを使用した。
・文字遣いは、そのデータによる。
・ルビは、データのものに加えて、本文、目次を総ルビとした。
・文字遣いには、格段の基準は設けていない。

目次

セロ弾《ひ》きのゴーシュ

ゴーシュは町《まち》の活動写真館《かつどうしゃしんかん》でセロを弾《ひ》く係《かか》りでした。けれどもあんまり上手《じょうず》でないという評判《ひょうばん》でした。上手《じょうず》でないどころではなく実《じつ》は仲間《なかま》の楽手《がくしゅ》のなかではいちばん下手《へた》でしたから、いつでも楽長《がくちょう》にいじめられるのでした。

ひるすぎみんなは楽屋《がくや》に円《まる》くならんで今度《こんど》の町《まち》の音楽会《おんがくかい》へ出《だ》す第六交響曲《だいろくこうきょうきょく》の練習《れんしゅう》をしていました。

トランペットは一生《いっしょう》けん命《めい》歌《うた》っています。

ヴァイオリンも二《ふた》いろ風《かぜ》のように鳴《な》っています。

クラリネットもボーボーとそれに手伝《てつだ》っています。

ゴーシュも口《くち》をりんと結《むす》んで眼《め》を皿《さら》のようにして楽譜《がくふ》を見《み》つめながらもう一心《いっしん》に弾《ひ》いています。

にわかにぱたっと楽長《がくちょう》が両手《りょうて》を鳴《な》らしました。みんなぴたりと曲《きょく》をやめてしんとしました。楽長《がくちょう》がどなりました。

「セロがおくれた。トォテテ　テテテイ、ここからやり直《なお》し。はいっ。」

みんなは今《いま》の所《ところ》の少《すこ》し前《まえ》の所《ところ》からやり直《なお》しました。ゴーシュは顔《かお》をまっ赤《か》にして額《ひたい》に汗《あせ》を出《だ》しながらやっといま云《い》われたところを通《とお》りました。ほっと安心《あんしん》しながら、つづけて弾《ひ》いていますと楽長《がくちょう》がまた手《て》をぱっと拍《う》ちました。

「セロっ。糸《いと》が合《あ》わない。困《こま》るなあ。ぼくはきみにドレミファを教《おし》えてまでいるひまはないんだがなあ。」

みんなは気《き》の毒《どく》そうにしてわざとじぶんの譜《ふ》をのぞき込《こ》

んだりじぶんの楽器《がっき》をはじいて見《み》たりしています。ゴーシュはあわてて糸《いと》を直《なお》しました。これはじつはゴーシュも悪《わる》いのですがセロもずいぶん悪《わる》いのでした。

「今《いま》の前《まえ》の小節《しょうせつ》から。はいっ。」

みんなはまたはじめました。ゴーシュも口《くち》をまげて一生《いっしょう》けん命《めい》です。そしてこんどはかなり進《すす》みました。いいあんばいだと思《おも》っていると楽長《がくちょう》がおどすような形《かたち》をしてまたぱたっと手《て》を拍《う》ちました。またかとゴーシュはどきっとしましたがありがたいことにはこんどは別《べつ》の人《ひと》でした。ゴーシュはそこでさっきじぶんのときみんながしたようにわざとじぶんの譜《ふ》へ眼《め》を近《ちか》づけて何《なに》か考《かんが》えるふりをしていました。

「ではすぐ今《いま》の次《つぎ》。はいっ。」

そらと思《おも》って弾《ひ》き出《だ》したかと思《おも》うといきなり楽長《がくちょう》が足《あし》をどんと踏《ふ》んでどなり出《だ》しました。

「だめだ。まるでなっていない。このへんは曲《きょく》の心臓《しんぞう》なんだ。それがこんながさがさしたことで。諸君《しょくん》。演奏《えんそう》までもうあと十日《とおか》しかないんだよ。音楽《おんがく》を専門《せんもん》にやっているぼくらがあの金沓鍛冶《かなぐつかじ》だの砂糖屋《さとうや》の丁稚《でっち》なんかの寄《よ》り集《あつ》まりに負《ま》けてしまったらいったいわれわれの面目《めんもく》はどうなるんだ。おいゴーシュ君《くん》。君《きみ》には困《こま》るんだがなあ。表情《ひょうじょう》ということがまるでできてない。怒《おこ》るも喜《よろこ》ぶも感情《かんじょう》というものがさっぱり出《で》ないんだ。それにどうしてもぴたっと外《ほか》の楽器《がっき》と合《あ》わないもなあ。いつでもきみだけとけた靴《くつ》のひもを引《ひ》きずってみんなのあとをついてあるくようなんだ、困《こま》るよ、しっかりしてくれないとねえ。光輝《こうき》あるわが金星音楽団《きんせいおんがくだん》がきみ一人《ひとり》のために悪評《あくひょう》をとるようなことでは、みんなへもまったく気《き》の毒《どく》だからな。では今日《きょう》は練習《れんしゅう》はここまで、休《やす》んで六時《ろくじ》にはかっきりボックスへ入《はい》ってくれ給《たま》え。」

みんなはおじぎをして、それからたばこをくわえてマッチをすったりどこかへ出《で》て行《い》ったりしました。ゴーシュはその粗末《そまつ》な箱《はこ》みたいなセロをかかえて壁《かべ》の方《ほう》へ向《む》いて口《くち》をまげてぼろぼろ涙《なみだ》をこぼしましたが、気《き》をとり直《なお》してじぶんだけたったひとりいまやったところをはじめからしずかにもいちど弾《ひ》きはじめました。

その晩遅《ばんおそ》くゴーシュは何《なに》か巨《おお》きな黒《くろ》いものをしょってじぶんの家《いえ》へ帰《かえ》ってきました。家《いえ》といってもそれは町《まち》はずれの川《かわ》ばたにあるこわれた水車小屋《すいしゃごや》で、ゴーシュはそこにたった一人《ひとり》ですんでいて午前《ごぜん》は小屋《こや》のまわりの小《ちい》さな畑《はたけ》でトマトの枝《えだ》をきったり甘藍《キャベジ》の虫《むし》をひろったりしてひるすぎになるといつも出《で》て行《い》っていたのです。ゴーシュがうちへ入《はい》ってあかりをつけるとさっきの黒《くろ》い包《つつ》みをあけました。それは何《なん》でもない。あの夕方《ゆうがた》のごつごつしたセロでした。ゴーシュはそれを床《ゆか》の上《うえ》にそっと置《お》くと、いきなり棚《たな》からコップをとってバケツの水《みず》をごくごくのみました。

それから頭《あたま》を一《ひと》つふって椅子《いす》へかけるとまるで虎《とら》みたいな勢《いきおい》でひるの譜《ふ》を弾《ひ》きはじめました。譜《ふ》をめくりながら弾《ひ》いては考《かんが》え考《かんが》えては弾《ひ》き一生《いっしょう》けん命《めい》しまいまで行《い》くとまたはじめからなんべんもなんべんもごうごうごうごう弾《ひ》きつづけました。

夜中《よなか》もとうにすぎてしまいはもうじぶんが弾《ひ》いているのかもわからないようになって顔《かお》もまっ赤《か》になり眼《め》もまるで血走《ちばし》ってとても物凄《ものすご》い顔《かお》つきになりいまにも倒《たお》れるかと思《おも》うように見《み》えました。

そのとき誰《たれ》かうしろの扉《と》をとんとんと叩《たた》くものがありま

した。

「ホーシュ君《くん》か。」ゴーシュはねぼけたように叫《さけ》びました。

ところがすうと扉《と》を押《お》してはいって来《き》たのはいままで五六《ごろっ》ぺん見《み》たことのある大《おお》きな三毛猫《みけねこ》でした。

ゴーシュの畑《はたけ》からとった半分熟《はんぶんじゅく》したトマトをさも重《おも》そうに持《も》って来《き》てゴーシュの前《まえ》におろして云《い》いました。

「ああくたびれた。なかなか運搬《うんぱん》はひどいやな。」

「何《なん》だと」ゴーシュがききました。

「これおみやです。たべてください。」三毛猫《みけねこ》が云《い》いました。

ゴーシュはひるからのむしゃくしゃを一《いっ》ぺんにどなりつけました。

「誰《たれ》がきさまにトマトなど持《も》ってこいと云《い》った。第一《だいいち》おれがきさまらのもってきたものなど食《く》うか。それからそのトマトだっておれの畑《はたけ》のやつだ。何《なん》だ。赤《あか》くもならないやつをむしって。いままでもトマトの茎《くき》をかじったりけちらしたりしたのはおまえだろう。行《い》ってしまえ。ねこめ。」

するど猫《ねこ》は肩《かた》をまるくして眼《め》をすぼめてはいましたが口《くち》のあたりでにやにやわらって云《い》いました。

「先生《せんせい》、そうお怒《おこ》りになっちゃ、おからだにさわります。それよりシューマンのトロメライをひいてごらんなさい。きいてあげますから。」

「生意気《なまいき》なことを云《い》うな。ねこのくせに。」

セロ弾《ひ》きはしゃくにさわってこのねこのやつどうしてくれようとしばらく考《かんが》えました。

「いやご遠慮《えんりょ》はありません。どうぞ。わたしはどうも先生《せんせい》の音楽《おんがく》をきかないとねむられないんです。」

「生意気《なまいき》だ。生意気《なまいき》だ。生意気《なまいき》だ。」

ゴーシュはすっかりまっ赤《か》になってひるま楽長《がくちょう》のしたように足《あし》ぶみしてどなりましたがにわかに気《き》を変《か》えて云《い》いました。

「では弾《ひ》くよ。」

ゴーシュは何《なん》と思《おも》ったか扉《と》にかぎをかって窓《まど》もみんなしめてしまい、それからセロをとりだしてあかしを消《け》しました。すると外《そと》から二十日《はつか》過《す》ぎの月《つき》のひかりが室《へや》のなかへ半分《はんぶん》ほどはいってきました。

「何《なに》をひけと。」

「トロメライ、ロマチックシューマン作曲《さっきょく》。」猫《ねこ》は口《くち》を拭《ふ》いて済《す》まして云《い》いました。

「そうか。トロメライというのはこういうのか。」

セロ弾《ひ》きは何《なん》と思《おも》ったかまずはんけちを引《ひ》きさいてじぶんの耳《みみ》の穴《あな》へぎっしりつめました。それからまるで嵐《あらし》のような勢《いきおい》で「印度《インド》の虎狩《とらがり》」という譜《ふ》を弾《ひ》きはじめました。

すると猫《ねこ》はしばらく首《くび》をまげて聞《き》いていましたがいきなりパチパチパチッと眼《め》をしたかと思《おも》うとぱっと扉《と》の方《ほう》へ飛《と》

びのきました。そしていきなりどんと扉《と》へからだをぶっつけましたが扉《と》はあきませんでした。猫《ねこ》はさあこれはもう一生一代《いっせいいちだい》の失敗《しっぱい》をしたという風《ふう》にあわてだして眼《め》や額《ひたい》からぱちぱち火花《ひばな》を出《だ》しました。するとこんどは口《くち》のひげからも鼻《はな》からも出《で》ましたから猫《ねこ》はくすぐったがってしばらくくしゃみをするような顔《かお》をしてそれからまたさあこうしてはいられないぞというようにはせあるきだしました。ゴーシュはすっかり面白《おもしろ》くなってますます勢《いきおい》よくやり出《だ》しました。

「先生《せんせい》もうたくさんです。たくさんですよ。ご生《しょう》ですからやめてください。これからもう先生《せんせい》のタクトなんかとりませんから。」

「だまれ。これから虎《とら》をつかまえる所《ところ》だ。」

猫《ねこ》はくるしがってはねあがってまわったり壁《かべ》にからだをくっつけたりしましたが壁《かべ》についたあとはしばらく青《あお》くひかるのでした。しまいは猫《ねこ》はまるで風車《ふうしゃ》のようにぐるぐるぐるぐるゴーシュをまわりました。

ゴーシュもすこしぐるぐるして来《き》ましたので、

「さあこれで許《ゆる》してやるぞ」と云《い》いながらようようやめました。

すると猫《ねこ》もけろりとして
「先生《せんせい》、こんやの演奏《えんそう》はどうかしてますね。」と云《い》いました。

セロ弾《ひ》きはまたぐっとしゃくにさわりましたが何気《なにげ》ない風《ふう》で巻《まき》たばこを一本《いっぽん》だして口《くち》にくわえそれからマッチを一本《いっぽん》とって

「どうだい。工合《ぐあい》をわるくしないかい。舌《した》を出《だ》してごらん。」

猫《ねこ》はばかにしたように尖《とが》った長《なが》い舌《した》をベロリと出《だ》しました。

「ははあ、少《すこ》し荒《あ》れたね。」セロ弾《ひ》きは云《い》いながらいきなりマッチを舌《した》でシュッとすってじぶんのたばこへつけました。さあ猫《ねこ》は愕《おどろ》いたの何《なん》の舌《した》を風車《ふうしゃ》のようにふりまわしながら入《い》り口《ぐち》の扉《と》へ行《い》って頭《あたま》でどんとぶっつかってはよろよろとしてまた戻《もど》って来《き》てどんとぶっつかってはよろよろまた戻《もど》って来《き》てまたぶっつかってはよろよろにげみちをこさえようとしました。

ゴーシュはしばらく面白《おもしろ》そうに見《み》ていましたが

「出《だ》してやるよ。もう来《く》るなよ。ばか。」

セロ弾《ひ》きは扉《と》をあけて猫《ねこ》が風《かぜ》のように萱《かや》のなかを走《はし》って行《い》くのを見《み》てちょっとわらいました。それから、やっとせいせいしたというようにぐっすりねむりました。

次《つぎ》の晩《ばん》もゴーシュがまた黒《くろ》いセロの包《つつ》みをかついで帰《かえ》ってきました。そして水《みず》をごくごくのむとそっくりゆうべのとおりぐんぐんセロを弾《ひ》きはじめました。十二時《じゅうにじ》は間《ま》もなく過《す》ぎ一時《いちじ》もすぎ二時《にじ》もすぎてもゴーシュはまだやめませんでした。それからもう何時《なんじ》だかもわからず弾《ひ》いているかもわからずごうごうやっていますと誰《たれ》か屋根裏《やねうら》をこっこっと叩《たた》くものがあります。

「猫《ねこ》、まだこりないのか。」

ゴーシュが叫《さけ》びますといきなり天井《てんじょう》の穴《あな》からぽろんと音《おと》がして一疋《いっぴき》の灰《はい》いろの鳥《とり》が降《お》りて来《き》ました。床《ゆか》へとまったのを見《み》るとそれはかっこうでした。

「鳥《とり》まで来《く》るなんて。何《なん》の用《よう》だ。」ゴーシュが云《い》いました。

「音楽《おんがく》を教《おそ》わりたいのです。」

かっこう鳥《どり》はすましていいました。

ゴーシュは笑《わら》って

「音楽《おんがく》だと。おまえの歌《うた》は、かっこう、かっこうというだけじゃあないか。」

するとかっこうが大《たい》へんまじめに

「ええ、それなんです。けれどもむずかしいですからねえ。」

と云《い》いました。

「むずかしいもんか。おまえたちのはたくさん啼《な》くのがひどいだけで、なきようは何《なん》でもないじゃないか。」

「ところがそれがひどいんです。たとえばかっこうとこうなくのとかっこうとこうなくのとでは聞《き》いていてもよほどちがうでしょう。」

「ちがわないね。」

「ではあなたにはわからないんです。わたしらのなかまならかっこうと一万《いちまん》云《い》えば一万《いちまん》みんなちがうんです。」

「勝手《かって》だよ。そんなにわかってるなら何《なに》もおれの処《ところ》へ来《こ》なくてもいいではないか。」

「ところが私《わたし》はドレミファを正確《せいかく》にやりたいんです。」

「ドレミファもくそもあるか。」

「ええ、外国《がいこく》へ行《い》く前《まえ》にぜひ一度《いちど》いるんです。」

「外国《がいこく》もくそもあるか。」

「先生《せんせい》どうかドレミファを教《おし》えてください。わたしはついてうたいますから。」

「うるさいなあ。そら三《さん》べんだけ弾《ひ》いてやるからすんだらさっさと帰《かえ》るんだぞ。」

ゴーシュはセロを取《と》り上《あ》げてボロンボロンと糸《いと》を合《あ》わせてドレミファソラシドとひきました。するとかっこうはあわてて羽《はね》をばたばたしました。

「ちがいます、ちがいます。そんなんでないんです。」

「うるさいなあ。ではおまえやってごらん。」

「こうですよ。」かっこうはからだをまえに曲《ま》げてしばらく構《かま》えてから
「かっこう」と一《ひと》つなきました。

「何《なん》だい。それがドレミファかい。おまえたちには、それではドレミファも第六交響楽《だいろくこうきょうがく》も同《おな》じなんだな。」

「それはちがいます。」

「どうちがうんだ。」

「むずかしいのはこれをたくさん続《つづ》けたのがあるんです。」

「つまりこうだろう。」セロ弾《ひ》きはまたセロをとって、かっこうかっこうかっこうかっこうかっこうかっこうとつづけてひきました。

するとかっこうはたいへんよろこんで途中《とちゅう》からかっこうかっこうかっこうかっこうとついて叫《さけ》びました。それももう一生《いっしょう》けん命《めい》からだをまげていつまでも叫《さけ》ぶのです。

ゴーシュはとうとう手《て》が痛《いた》くなって
「こら、いいかげんにしないか。」と云《い》いながらやめました。

するとかっこうは残念《ざんねん》そうに眼《め》をつりあげてまだしばらくないていましたがやっと
「……かっこうかくうかっかっかっかっか」と云《い》ってやめました。

　ゴーシュがすっかりおこってしまって、

「こらとり、もう用《よう》が済《す》んだらかえれ」と云《い》いました。

「どうかもういっぺん弾《ひ》いてください。あなたのはいいようだけれどもすこしちがうんです。」

「何《なん》だと、おれがきさまに教《おそ》わってるんではないんだぞ。帰《かえ》らんか。」

「どうかたったもう一《いっ》ぺんおねがいです。どうか。」かっこうは頭《あたま》を何《なん》べんもこんこん下《さ》げました。

「ではこれっきりだよ。」

ゴーシュは弓《ゆみ》をかまえました。かっこうは「くっ」とひとつ息《いき》をして

「ではなるべく永《なが》くおねがいいたします。」といってまた一《ひと》つおじぎをしました。

「いやになっちまうなあ。」ゴーシュはにが笑《わら》いしながら弾《ひ》きはじめました。するとかっこうはまたまるで本気《ほんき》になって「かっこうかっこうかっこう」とからだをまげてじつに一生《いっしょう》けん命叫《めいさけ》びました。ゴーシュははじめはむしゃくしゃしていましたがいつまでもつづけて弾《ひ》いているうちにふっ

と何《なん》だかこれは鳥《とり》の方《ほう》がほんとうのドレミファにはまっているかなという気《き》がしてきました。どうも弾《ひ》けば弾《ひ》くほどかっこうの方《ほう》がいいような気《き》がするのでした。

「えいこんなばかなことしていたらおれは鳥《とり》になってしまうんじゃないか。」とゴーシュはいきなりぴたりとセロをやめました。

するとかっこうはどしんと頭《あたま》を叩《たた》かれたようにふらふらっとしてそれからまたさっきのように

「かっこうかっこうかっこうかっかっかっかっかっ」と云《い》ってやめました。それから恨《うら》めしそうにゴーシュを見《み》て

「なぜやめたんですか。ぼくらならどんな意気地《いくじ》ないやつ

でものどから血《ち》が出《で》るまでは叫《さけ》ぶんですよ。」と云《い》いました。

「何《なに》を生意気《なまいき》な。こんなばかなまねをいつまでしていられるか。もう出《で》て行《い》け。見《み》ろ。夜《よ》があけるんじゃないか。」ゴーシュは窓《まど》を指《ゆび》さしました。

東《ひがし》のそらがぼうっと銀《ぎん》いろになってそこをまっ黒《くろ》な雲《くも》が北《きた》の方《ほう》へどんどん走《はし》っています。

「ではお日《ひ》さまの出《で》るまでどうぞ。もう一《いっ》ぺん。ちょっとですから。」

かっこうはまた頭《あたま》を下《さ》げました。

「黙《だま》れっ。いい気《き》になって。このばか鳥《どり》め。出《で》て行《い》かんとむしって朝飯《あさめし》に食《く》ってしまうぞ。」ゴーシュはどんと床《ゆか》をふみました。

するとかっこうはにわかにびっくりしたようにいきなり窓《まど》をめがけて飛《と》び立《た》ちました。そして硝子《ガラス》にはげしく頭《あたま》をぶっつけてばたっと下《した》へ落《お》ちました。

「何《なん》だ、硝子《ガラス》へばかだなあ。」ゴーシュはあわてて立《た》って窓《まど》をあけようとしましたが元来《がんらい》この窓《まど》はそんなにいつでもするする開《あ》く窓《まど》ではありませんでした。ゴーシュが窓《まど》のわくをしきりにがたがたしているうちにまたかっこうがばっとぶっつかって下《した》へ落《お》ちました。見《み》ると嘴《くちばし》のつけねからすこし血《ち》が出《で》ています。

「いまあけてやるから待《ま》っていろったら。」ゴーシュがやっと二寸《にすん》ばかり窓《まど》をあけたとき、かっこうは起《お》きあがって何《なに》が何《なん》でもこんどこそというようにじっと窓《まど》の向《むこ》うの東《ひがし》のそらをみつめて、あらん限《かぎ》りの力《ちから》をこめた風《かぜ》でぱっと飛《と》びたちました。もちろんこんどは前《まえ》よりひどく硝子《ガラス》につきあたってかっこうは下《した》へ落《お》ちたまましばらく身動《みうご》きもしませんでした。つかまえてドアから飛《と》ばしてやろうとゴーシュが手《て》を出《だ》しましたらいきなりかっこうは眼《め》をひらいて飛《と》びのきました。そしてまたガラスへ飛《と》びつきそうにするのです。ゴーシュは思《おも》わず足《あし》を上《あ》げて窓《まど》をばっとけりました。ガラスは二三枚《にさんまい》物《もの》すごい音《おと》して砕《くだ》け窓《まど》はわくのまま外《そと》へ落《お》ちました。そのがらんとなった窓《まど》のあとをかっこうが矢《や》のように外《そと》へ飛《と》びだしました。そしてもうどこまでもどこまでもまっすぐに飛《と》んで行《い》ってとうとう見《み》えなくなってしまいました。ゴーシュはしばらく呆《あき》れたように外《そと》を見《み》ていましたが、そのまま倒《たお》れるように室《へや》のすみへころがって睡《ねむ》ってしまいました。

次《つぎ》の晩《ばん》もゴーシュは夜中《よなか》すぎまでセロを弾《ひ》いてつかれて水《みず》を一杯《いっぱい》のんでいますと、また扉《と》をこつこつ叩《たた》くものがあります。

今夜《こんや》は何《なに》が来《き》てもゆうべのかっこうのようにはじめからおどかして追《お》い払《はら》ってやろうと思《おも》ってコップをもったまま

待《ま》ち構《かま》えて居《お》りますと、扉《と》がすこしあいて一疋《いっぴき》の狸《たぬき》の子《こ》がはいってきました。ゴーシュはそこでその扉《と》をもう少《すこ》し広《ひろ》くひらいて置《お》いてどんと足《あし》をふんで、

「こら、狸《たぬき》、おまえは狸汁《たぬきじる》ということを知《し》っているかっ。」

とどなりました。すると狸《たぬき》の子《こ》はぼんやりした顔《かお》をしてきちんと床《ゆか》へ座《すわ》ったままどうもわからないというように首《くび》をまげて考《かんが》えていましたが、しばらくたって

「狸汁《たぬきじる》ってぼく知《し》らない。」と云《い》いました。ゴーシュはその顔《かお》を見《み》て思《おも》わず吹《ふ》き出《だ》そうとしましたが、まだ無理《むり》に恐《こわ》い顔《かお》をして、

「では教《おし》えてやろう。狸汁《たぬきじる》というのはな。おまえのような

狸《たぬき》をな、キャベジや塩《しお》とまぜてくたくたと煮《に》ておれさまの食《く》うようにしたものだ。」と云《い》いました。すると狸《たぬき》の子《こ》はまたふしぎそうに

「だってぼくのお父《とう》さんがね、ゴーシュさんはとてもいい人《ひと》でこわくないから行《い》って習《なら》えと云《い》ったよ。」と云《い》いました。そこでゴーシュもとうとう笑《わら》い出《だ》してしまいました。

「何《なに》を習《なら》えと云《い》ったんだ。おれはいそがしいんじゃないか。それに睡《ねむ》いんだよ。」

狸《たぬき》の子《こ》は俄《にわか》に勢《いきおい》がついたように一足前《ひとあしまえ》へ出《で》ました。

「ぼくは小太鼓《こだいこ》の係《かか》りでねえ。セロへ合《あ》わせてもらって来《こ》いと云《い》われたんだ。」

「どこにも小太鼓《こだいこ》がないじゃないか。」

「そら、これ」狸《たぬき》の子《こ》はせなかから棒《ぼう》きれを二本出《にほんだ》しました。

「それでどうするんだ。」

「ではね、『愉快《ゆかい》な馬車屋《ばしゃや》』を弾《ひ》いてください。」

「なんだ愉快《ゆかい》な馬車屋《ばしゃや》ってジャズか。」

「ああこの譜《ふ》だよ。」狸《たぬき》の子《こ》はせなかからまた一枚《いちまい》の譜《ふ》をとり出《だ》しました。ゴーシュは手《て》にとってわらい出《だ》しました。

「ふう、変《へん》な曲《きょく》だなあ。よし、さあ弾《ひ》くぞ。おまえは小太鼓《こだいこ》を叩《たた》くのか。」ゴーシュは狸《たぬき》の子《こ》がどうするのかと思《おも》ってちらちらそっちを見《み》ながら弾《ひ》きはじめました。

するとと狸《たぬき》の子《こ》は棒《ぼう》をもってセロの駒《こま》の下《した》のところを拍子《ひょうし》

をとってぽんぽん叩《たた》きはじめました。それがなかなかうまいので弾《ひ》いているうちにゴーシュはこれは面白《おもしろ》いぞと思《おも》いました。

おしまいまでひいてしまうと狸《たぬき》の子《こ》はしばらく首《くび》をまげて考《かんが》えました。

それからやっと考《かんが》えついたというように云《い》いました。

「ゴーシュさんはこの二番目《にばんめ》の糸《いと》をひくときはきたいに遅《おく》れるねえ。なんだかぼくがつまずくようになるよ。」

ゴーシュははっとしました。たしかにその糸《いと》はどんなに手早《てばや》く弾《ひ》いてもすこしたってからでないと音《おと》が出《で》ないような気《き》がゆうべからしていたのでした。

「いや、そうかもしれない。このセロは悪《わる》いんだよ。」とゴーシュはかなしそうに云《い》いました。すると狸《たぬき》は気《き》の毒《どく》そうにしてまたしばらく考《かんが》えていましたが

「どこが悪《わる》いんだろうなあ。ではもう一《いっ》ぺん弾《ひ》いてくれますか。」

「いいとも弾《ひ》くよ。」ゴーシュははじめました。狸《たぬき》の子《こ》はさっきのようにとんとん叩《たた》きながら時々頭《ときどきあたま》をまげてセロに耳《みみ》をつけるようにしました。そしておしまいまで来《き》たときは今夜《こんや》もまた東《ひがし》がぼうと明《あか》るくなっていました。

「ああ夜《よ》が明《あ》けたぞ。どうもありがとう。」狸《たぬき》の子《こ》は大《たい》へんあわてて譜《ふ》や棒《ぼう》きれをせなかへしょってゴムテープでぱち

んとめておじぎを二つ《ふた》三つ《みっ》すると急《いそ》いで外《そと》へ出《で》て行《い》ってしまいました。

ゴーシュはぼんやりしてしばらくゆうべのこわれたガラスからはいってくる風《かぜ》を吸《す》っていましたが、町《まち》へ出《で》て行《い》くまで睡《ねむ》って元気《げんき》をとり戻《もど》そうと急《いそ》いでねどこへもぐり込《こ》みました。

次《つぎ》の晩《ばん》もゴーシュは夜通《よどお》しセロを弾《ひ》いて明方近《あけがたちか》く思《おも》わずつかれて楽譜《がくふ》をもったままうとうとしていますとまた誰《たれ》か扉《と》をこつこつと叩《たた》くものがあります。それもまるで聞《きこ》えるか聞《きこ》えないかの位《くらい》でしたが毎晩《まいばん》のことなのでゴーシュはすぐ聞《き》きつけて「おはいり。」と云《い》いました。すると戸《と》のすきまからはいって来《き》たのは一《いっ》ぴきの野《の》ねずみでした。そして大《たい》へんちいさなこどもをつれてちょろちょろとゴーシュの前《まえ》へ歩《ある》いてきました。そのまた野《の》ねずみのこどもときたらまるでけしごむのくらいしかないのでゴーシュはおもわずわらいました。すると野《の》ねずみは何《なに》をわらわれたろうというようにきょろきょろしながらゴーシュの前《まえ》に来《き》て、青《あお》い栗《くり》の実《み》を一《ひと》つぶ前《まえ》においてちゃんとおじぎをして云《い》いました。

「先生《せんせい》、この児《こ》があんばいがわるくて死《し》にそうでございますが先生《せんせい》お慈悲《じひ》になおしてやってくださいまし。」

「おれが医者《いしゃ》などやれるもんか。」ゴーシュはすこしむっとして云《い》いました。すると野《の》ねずみのお母《かあ》さんは下《した》を向《む》いてしばらくだまっていましたがまた思《おも》い切《き》ったように云《い》いました。

「先生《せんせい》、それはうそでございます、先生《せんせい》は毎日《まいにち》あんなに上手《じょうず》にみんなの病気《びょうき》をなおしておいでになるではありませんか。」

「何《なん》のことだかわからんね。」

「だって先生《せんせい》先生《せんせい》のおかげで、兎《うさぎ》さんのおばあさんもなおりましたし狸《たぬき》さんのお父《とう》さんもなおりましたしあんな意地悪《いじわる》のみみずくまでなおしていただいたのにこの子《こ》ばかりお助《たす》けをいただけないとはあんまり情《なさけ》ないことでございます。」

「おいおい、それは何《なに》かの間《ま》ちがいだよ。おれはみみずくの病気《びょうき》なんどなおしてやったことはないからな。もっとも狸《たぬき》の子《こ》はゆうべ来《き》て楽隊《がくたい》のまねをして行《い》ったがね。ははん。」ゴーシュは呆《あき》れてその子《こ》ねずみを見《み》おろしてわらいました。

すると野鼠《のねずみ》のお母《かあ》さんは泣《な》きだしてしまいました。

「ああこの児《こ》はどうせ病気《びょうき》になるならもっと早《はや》くなればよかった。さっきまであれ位《くらい》ごうごうと鳴《な》らしておいでになったのに、病気《びょうき》になるといっしょにぴたっと音《おと》がとまってもうあとはいくらおねがいしても鳴《な》らしてくださらないなんて。何《なん》てふしあわせな子《こ》どもだろう。」

ゴーシュはびっくりして叫《さけ》びました。

「何《なん》だと、ぼくがセロを弾《ひ》けばみみずくや兎《うさぎ》の病気《びょうき》がなおると。どういうわけだ。それは。」

野《の》ねずみは眼《め》を片手《かたて》でこすりこすり云《い》いました。

「はい、ここらのものは病気《びょうき》になるとみんな先生《せんせい》のおうちの床下《ゆかした》にはいって療《なお》すのでございます。」

「すると療《なお》るのか。」

「はい。からだ中《じゅう》とても血《ち》のまわりがよくなって大《たい》へんいい気持《きも》ちですぐ療《なお》る方《かた》もあればうちへ帰《かえ》ってから療《なお》る方《かた》もあります。」

「ああそうか。おれのセロの音《おと》がごうごうひびくと、それがあんまの代《かわ》りになっておまえたちの病気《びょうき》がなおるというのか。よし。わかったよ。やってやろう。」ゴーシュはちょっとギウギウと糸《いと》を合《あわ》せてそれからいきなりのねずみのこどもをつまんでセロの孔《あな》から中《なか》へ入《い》れてしまいました。

「わたしもいっしょについて行《い》きます。どこの病院《びょういん》でもそうですから。」おっかさんの野《の》ねずみはきちがいのようになってセロに飛《と》びつきました。

「おまえさんもはいるかね。」セロ弾《ひ》きはおっかさんの野《の》ねずみをセロの孔《あな》からくぐしてやろうとしましたが顔《かお》が半分《はんぶん》しかはいりませんでした。

野《の》ねずみはばたばたしながら中《なか》のこどもに叫《さけ》びました。

「おまえそこはいいかい。落《お》ちるときいつも教《おし》えるように足《あし》をそろえてうまく落《お》ちたかい。」

「いい。うまく落《お》ちた。」こどものねずみはまるで蚊《か》のような小《ちい》さな声《こえ》でセロの底《そこ》で返事《へんじ》しました。

「大丈夫《だいじょうぶ》さ。だから泣《な》き声《ごえ》出《だ》すなというんだ。」ゴーシュはおっかさんのねずみを下《した》におろしてそれから弓《ゆみ》をとって何《なん》とかラプソディとかいうものをごうごうがあがあ弾《ひ》きました。するとおっかさんのねずみはいかにも心配《しんぱい》そうにその音《おと》の工合《ぐあい》をきいていましたがとうとうこらえ切《き》れなくなったふうで

「もう沢山《たくさん》です。どうか出《だ》してやってください。」と云《い》いました。

「なあんだ、これでいいのか。」ゴーシュはセロをまげて孔《あな》のところに手《て》をあてて待《ま》っていましたら間《ま》もなくこどものねずみが出《で》てきました。ゴーシュは、だまってそれをおろしてやりました。見《み》るとすっかり目《め》をつぶってぶるぶるぶるぶるふるえていました。

「どうだったの。いいかい。気分《きぶん》は。」

こどものねずみはすこしもへんじもしないでまだしばらく眼《め》をつぶったままぶるぶるぶるぶるふるえていましたがにわかに起《お》きあがって走《はし》りだしました。

「ああよくなったんだ。ありがとうございます。ありがとうございます。」おっかさんのねずみもいっしょに走《はし》っていましたが、まもなくゴーシュの前《まえ》に来《き》てしきりにおじぎをしながら
「ありがとうございますありがとうございます」と十《とう》ばかり云《い》いました。
ゴーシュは何《なん》がなかなかあいそうになって
「おい、おまえたちはパンはたべるのか。」とききました。
すると野鼠《のねずみ》はびっくりしたようにきょろきょろあたりを見《み》まわしてから
「いえ、もうおパンというものは小麦《こむぎ》の粉《こな》をこねたりむし

たりしてこしらえたものでふくふく膨《ふく》らんでいておいしいものなそうでございますが、そうでなくても私《わたし》どもはおうちの戸棚《とだな》へなど参《まい》ったこともございませんし、ましてこれ位《くらい》お世話《せわ》になりながらどうしてそれを運《はこ》びになんど参《まい》れましょう。」と云《い》いました。

「いや、そのことではないんだ。ただたべるのかときいたんだ。ではたべるんだな。ちょっと待《ま》てよ。その腹《はら》の悪《わる》いこどもへやるからな。」

ゴーシュはセロを床《ゆか》へ置《お》いて戸棚《とだな》からパンを一《ひと》つまみむしって野《の》ねずみの前《まえ》へ置《お》きました。

野《の》ねずみはもうまるでばかのようになって泣《な》いたり笑《わら》っ

たりおじぎをしたりしてから大《だい》じそうにそれをくわえてこどもをさきに立《た》てて外《そと》へ出《で》て行《い》きました。

「あああ。鼠《ねずみ》と話《はなし》するのもなかなかつかれるぞ。」ゴーシュはねどこへどっかり倒《たお》れてすぐぐうぐうねむってしまいました。

それから六日目《むいかめ》の晩《ばん》でした。金星音楽団《きんせいおんがくだん》の人《ひと》たちは町《まち》の公会堂《こうかいどう》のホールの裏《うら》にある控室《ひかえしつ》へみんなぱっと頭《あたま》をほてらしてめいめい楽器《がっき》をもって、ぞろぞろホールの舞台《ぶたい》から引《ひ》きあげて来《き》ました。首尾《しゅび》よく第六交響曲《だいろくこうきょうきょく》を仕上《しあ》げたのです。ホールでは拍手《はくしゅ》の音《おと》がまだ嵐《あらし》のように鳴《な》って居《お》ります。楽長《がくちょう》はポケットへ手《て》をつっ込《こ》んで拍手《はくしゅ》なんかどうでもいいというようにのそのそみんなの間《あいだ》を歩《ある》きまわっていましたが、じつはどうして嬉《うれ》しさでいっぱいなのでした。みんなはたばこをくわえてマッチをすったり楽器《がっき》をケースへ入《い》れたりしました。

ホールはまだぱちぱち手《て》が鳴《な》っています。それどころではなくいよいよそれが高《たか》くなって何《なん》だかこわいような手《て》がつけられないような音《おと》になりました。大《おお》きな白《しろ》いリボンを胸《むね》につけた司会者《しかいしゃ》がはいって来《き》ました。

「アンコールをやっていますが、何《なに》かみじかいものでもきかせてやってくださいませんか。」

すると楽長《がくちょう》がきっとなって答《こた》えました。「いけませんな。

こういう大物《おおもの》のあとへ何《なに》を出《だ》したってこっちの気《き》の済《す》むようには行《い》くもんでないんです。」

「では楽長《がくちょう》さん出《で》て一寸挨拶《ちょっとあいさつ》してください。」

「だめだ。おい、ゴーシュ君《くん》、何《なに》か出《で》て弾《ひ》いてやってくれ。」

「わたしがですか。」ゴーシュは呆気《あっけ》にとられました。

「君《きみ》だ、君《きみ》だ。」ヴァイオリンの一番《いちばん》の人《ひと》がいきなり顔《かお》をあげて云《い》いました。

「さあ出《で》て行《い》きたまえ。」楽長《がくちょう》が云《い》いました。みんなもセロをむりにゴーシュに持《も》たせて扉《と》をあけるといきなり舞台《ぶたい》へゴーシュを押《お》し出《だ》してしまいました。ゴーシュがその孔《あな》のあいたセロをもってじつに困《こま》ってしまって舞台《ぶたい》へ出《で》るとみんなはそら見《み》ろというように一《いっ》そうひどく手《て》を叩《たた》きました。わあと叫《さけ》んだものもあるようでした。

「どこまでひとをばかにするんだ。よし見《み》ていろ。印度《インド》の虎狩《とらがり》をひいてやるから。」ゴーシュはすっかり落《お》ちついて舞台《ぶたい》のまん中《なか》へ出《で》ました。

それからあの猫《ねこ》の来《き》たときのようにまるで怒《おこ》った象《ぞう》のような勢《いきおい》で虎狩《とらが》りを弾《ひ》きました。ところが聴衆《ちょうしゅう》はしいんとなって一生《いっしょう》けん命《めい》聞《き》いています。ゴーシュはどんどん弾《ひ》きました。猫《ねこ》が切《せつ》ながってぱちぱち火花《ひばな》を出《だ》したところも過《す》ぎました。扉《と》へからだを何《なん》べんもぶっつけた所《ところ》も過《す》ぎました。

曲《きょく》が終《お》わるとゴーシュはもうみんなの方《ほう》などは見《み》もせずちょうどその猫《ねこ》のようにすばやくセロをもって楽屋《がくや》へ遁《に》げ込《こ》みました。するとそ楽屋《がくや》では楽長《がくちょう》はじめ仲間《なかま》がみんな火事《かじ》にでもあったあとのように眼《め》をじっとしてひっそりとすわり込《こ》んでいます。ゴーシュはやぶれかぶれだと思《おも》ってみんなの間《あいだ》をさっさとあるいて行《い》って向《む》こうの長椅子《ながいす》へどっかりとからだをおろして足《あし》を組《く》んですわりました。

するとみんなが一《いっ》ぺんに顔《かお》をこっちへ向《む》けてゴーシュを見《み》ましたがやはりまじめでべつにわらっているようでもありませんでした。

「こんやは変《へん》な晩《ばん》だなあ。」

ゴーシュは思《おも》いました。ところが楽長《がくちょう》は立《た》って云《い》いました。

「ゴーシュ君《くん》、よかったぞお。あんな曲《きょく》だけれどもここではみんななかなり本気《ほんき》になって聞《き》いてたぞ。一週間《いっしゅうかん》か十日《とおか》の間《あいだ》にずいぶん仕上《しあ》げたなあ。十日前《とおかまえ》とくらべたらまるで赤《あか》ん坊《ぼう》と兵隊《へいたい》だ。やろうと思《おも》えばいつでもやれたんじゃないか、君《きみ》。」

仲間《なかま》もみんな立《た》って来《き》て「よかったぜ」とゴーシュに云《い》いました。

「いや、からだが丈夫《じょうぶ》だからこんなこともできるよ。普通《ふつう》の人《ひと》なら死《し》んでしまうからな。」楽長《がくちょう》が向《む》うで云《い》っていました。

その晩遅《ばんおそ》くゴーシュは自分《じぶん》のうちへ帰《かえ》って来《き》ました。

そしてまた水《みず》をがぶがぶ呑《の》みました。それから窓《まど》をあけていつかかっこうの飛《と》んで行《い》ったと思《おも》った遠《とお》くのそらをながめながら

「ああかっこう。あのときはすまなかったなあ。おれは怒《おこ》ったんじゃなかったんだ。」と云《い》いました。

よだかの星《ほし》

よだかは、実《じつ》にみにくい鳥《とり》です。

顔《かお》は、ところどころ、味噌《みそ》をつけたようにまだらで、くちばしは、ひらたくて、耳《みみ》までさけています。

足《あし》は、まるでよぼよぼで、一間《いっけん》とも歩《ある》けません。

ほかの鳥《とり》は、もう、よだかの顔《かお》を見《み》ただけでも、いやになってしまうという工合《ぐあい》でした。

たとえば、ひばりも、あまり美《うつく》しい鳥《とり》ではありませんが、よだかよりは、ずっと上《うえ》だと思《おも》っていましたので、夕方《ゆうがた》など、よだかにあうと、さもさもいやそうに、しんねりと目《め》をつぶりながら、首《くび》をそっ方《ぽ》へ向《む》けるのでした。もっとちいさなおしゃべりの鳥《とり》などは、いつでもよだかのまっこうから悪口《わるぐち》をしました。

「ヘン。又《また》出《で》て来《き》たね。まあ、あのざまをごらん。ほんとうに、鳥《とり》の仲間《なかま》のつらよごしだよ。」

「ね、まあ、あのくちのおおきいことさ。きっと、かえるの親類《しんるい》か何《なに》かなんだよ。」

こんな調子《ちょうし》です。おお、よだかでないただのたかならば、こんな生《なま》はんかのちいさい鳥《とり》は、もう名前《なまえ》を聞《き》いただけでも、ぶるぶるふるえて、顔色《かおいろ》を変《か》えて、からだをちぢめて、木《こ》の葉《は》のかげにでもかくれたでしょう。ところが夜《よ》だかは、ほんとうは鷹《たか》の兄弟《きょうだい》でも親類《しんるい》でもありませんでした。かえって、よだかは、あの美《うつく》しいかわせみや、鳥《とり》の中《なか》の宝石《ほうせき》のような蜂《はち》すずめの兄《にい》さんでした。蜂《はち》すずめは花《はな》の蜜《みつ》をたべ、かわせみはお魚《さかな》を食《た》べ、夜《よ》だかは羽虫《はむし》をとってたべるのでした。それによだかには、するどい爪《つめ》もするどいくちばしもありませんでしたから、どんなに弱《よわ》い鳥《とり》でも、よだかをこわがる筈《はず》はなかったのです。

それなら、たかという名《な》のついたことは不思議《ふしぎ》なようですが、これは、一《ひと》つはよだかのはねが無暗《むやみ》に強《つよ》くて、風《かぜ》を切《き》って翔《か》けるときなどは、まるで鷹《たか》のように見《み》えたことと、も一《ひと》つはなきごえがするどくて、やはりどこか鷹《たか》に似《に》ていた為《ため》です。もちろん、鷹《たか》は、これをひじょうに気《き》にかけて、いやがっていました。それですから、よだかの顔《かお》さえ見《み》ると、肩《かた》をいからせて、早《はや》く名前《なまえ》をあらためろ、名前《なまえ》をあらためろと、いうのでした。

ある夕方《ゆうがた》、とうとう、鷹《たか》がよだかのうちへやって参《まい》りました。

「おい。居《い》るかい。まだお前《まえ》は名前《なまえ》をかえないのか。ずいぶんお前《まえ》も恥知《はじし》らずだな。お前《まえ》とおれでは、よっぽど人格《じんかく》がちがうんだよ。たとえばおれは、青《あお》いそらをどこまでも飛《と》んで行《い》く。おまえは、曇《くも》ってうすぐらい日《ひ》か、夜《よる》でなくちゃ、出《で》て来《こ》ない。それから、おれのくちばしやつめを見《み》ろ。そして、よくお前《まえ》のとくらべて見《み》るがいい。」

「鷹《たか》さん。それはあんまり無理《むり》です。私《わたし》の名前《なまえ》は私《わたし》が勝手《かって》につけたのではありません。神《かみ》さまから下《くだ》さったのです。」

「いいや。おれの名《な》なら、神《かみ》さまから貰《もら》ったのだと云《い》ってもよかろうが、お前《まえ》のは、云《い》わば、おれと夜《よる》と、両方《りょうほう》から借《か》りてあるんだ。さあ返《かえ》せ。」

「鷹《たか》さん。それは無理《むり》です。」

「無理《むり》じゃない。おれがいい名《な》を教《おし》えてやろう。市蔵《いちぞう》というんだ。市蔵《いちぞう》とな。いい名《な》だろう。そこで、名前《なまえ》を変《か》えるには、改名《かいめい》の披露《ひろう》というものをしないといけない。いいか。

それはな、首《くび》へ市蔵《いちぞう》と書《か》いたふだをぶらさげて、私《わたし》は以来《いらい》市蔵《いちぞう》と申《もう》しますと、口上《こうじょう》を云《い》って、みんなの所《ところ》をおじぎしてまわるのだ。」

「そんなことはとても出来《でき》ません。」

「いいや。出来《でき》る。そうしろ。もしあさっての朝《あさ》までに、お前《まえ》がそうしなかったら、もうすぐ、つかみ殺《ころ》すぞ。つかみ殺《ころ》してしまうから、そう思《おも》え。おれはあさっての朝早《あさはや》く、鳥《とり》のうちを一軒《いっけん》ずつまわって、お前《まえ》が来《き》たかどうかを聞《き》いてあるく。一軒《いっけん》でも来《こ》なかったという家《いえ》があったら、もう貴様《きさま》もその時《とき》がおしまいだぞ。」

「だってそれはあんまり無理《むり》じゃありませんか。そんなことをする位《くらい》なら、私《わたし》はもう死《し》んだ方《ほう》がましです。今《いま》すぐ殺《ころ》して下《くだ》さい。」

「まあ、よく、あとで考《かんが》えてごらん。市蔵《いちぞう》なんてそんなにわるい名《な》じゃないよ。」鷹《たか》は大《おお》きなはねを一杯《いっぱい》にひろげて、自分《じぶん》の巣《す》の方《ほう》へ飛《と》んで帰《かえ》って行《い》きました。

よだかは、じっと目《め》をつぶって考《かんが》えました。

(一《いっ》たい僕《ぼく》は、なぜこうみんなにいやがられるのだろう。僕《ぼく》の顔《かお》は、味噌《みそ》をつけたようで、口《くち》は裂《さ》けてるからなあ。それだって、僕《ぼく》は今《いま》まで、なんにも悪《わる》いことをしたことがない。赤《あか》ん坊《ぼう》のめじろが巣《す》から落《お》ちていたときは、助《たす》けて巣《す》へ連《つ》れて行《い》ってやった。そしたらめじろは、赤《あか》ん坊《ぼう》をまるでぬす人《びと》からでもとりかえすように僕《ぼく》からひきはなしたんだなあ。それからひどく僕《ぼく》を笑《わら》ったっけ。それにああ、今度《こんど》は市蔵《いちぞう》だなんて、首《くび》へふだをかけるなんて、つらいはなしだなあ。)

あたりは、もううすくらくなっていました。夜《よ》だかは巣《す》から飛《と》び出《だ》しました。雲《くも》が意地悪《いじわる》く光《ひか》って、低《ひく》くたれています。夜《よ》だかはまるで雲《くも》とすれすれになって、音《おと》なく空《そら》を飛《と》びまわりました。

それからにわかによだかは口《くち》を大《おお》きくひらいて、はねをまっすぐに張《は》って、まるで矢《や》のようにそらをよこぎりました。小さな羽虫《はむし》が幾匹《いくひき》も幾匹《いくひき》もその咽喉《のど》にはいりました。

からだがつちにつくかつかないうちに、よだかはひらりとまたそらへはねあがりました。もう雲《くも》は鼠色《ねずみいろ》になり、向《むこ》うの山《やま》には山焼《やまや》けの火《ひ》がまっ赤《か》です。

夜《よ》だかが思《おも》い切《き》って飛《と》ぶときは、そらがまるで二《ふた》つに切《き》れたように思《おも》われます。一疋《いっぴき》の甲虫《かぶとむし》が、夜《よ》だかの咽喉《のど》にはいって、ひどくもがきました。よだかはすぐそれを呑《の》みこみましたが、その時《とき》何《なん》だかせなかがぞっとしたように思《おも》いました。

雲《くも》はもうまっくろく、東《ひがし》の方《ほう》だけ山《やま》やけの火《ひ》が赤《あか》くうつって、恐《おそ》ろしいようです。よだかはむねがつかえたように思《おも》いながら、又《また》そらへのぼりました。

また一疋《いっぴき》の甲虫《かぶとむし》が、夜《よ》だかののどに、はいりました。そしてまるでよだかの咽喉《のど》をひっかいてばたばたしました。よだかはそれを無理《むり》にのみこんでしまいましたが、その時《とき》、急《きゅう》に胸《むね》がどきっとして、夜《よ》だかは大声《おおごえ》をあげて泣《な》き出《だ》しました。泣《な》きながらぐるぐるぐるぐる空《そら》をめぐったのです。

（ああ、かぶとむしや、たくさんの羽虫《はむし》が、毎晩僕《まいばんぼく》に殺《ころ》される。そしてそのただ一《ひと》つの僕《ぼく》がこんどは鷹《たか》に殺《ころ》される。それがこんなにつらいのだ。ああ、つらい、つらい。僕《ぼく》はもう虫《むし》をたべないで餓《う》えて死《し》のう。いやその前《まえ》にもう鷹《たか》が僕《ぼく》を殺《ころ》すだろう。いや、その前《まえ》に、僕《ぼく》は遠《とお》くの遠《とお》くの空《そら》の向《むこ》うに行《い》ってしまおう。）

山焼《やまや》けの火《ひ》は、だんだん水《みず》のように流《なが》れてひろがり、雲《くも》も赤《あか》く燃《も》えているようです。

よだかはまっすぐに、弟《おとうと》の川《かわ》せみの所《ところ》へ飛《と》んで行《い》きました。きれいな川《かわ》せみも、丁度《ちょうど》起《お》きて遠《とお》くの山火事《やまかじ》を見《み》ていた所《ところ》でした。そしてよだかの降《お》りて来《き》たのを見《み》て云《い》いました。

「兄《にい》さん。今晩《こんばん》は。何《なに》か急《きゅう》のご用《よう》ですか。」

「いいや、僕《ぼく》は今度《こんど》遠《とお》い所《ところ》へ行《い》くからね、その前《まえ》一寸《ちょっと》お前《まえ》に遭《あ》いに来《き》たよ。」

「兄《にい》さん。行《い》っちゃいけませんよ。蜂雀《はちすずめ》もあんな遠《とお》くにいるんですし、僕《ぼく》ひとりぼっちになってしまうじゃありませんか。」

「それはね。どうも仕方《しかた》ないのだ。もう今日《きょう》は何《なに》も云《い》わないで呉《く》れ。そしてお前《まえ》もね、どうしてもとらなければならない時《とき》のほかはいたずらにお魚《さかな》を取《と》ったりしないようにして呉《く》れ。ね、さよなら。」

「兄《にい》さん。どうしたんです。まあもう一寸《ちょっと》お待《ま》ちなさい。」

「いや、いつまで居《い》てもおんなじだ。はちすずめへ、あとでよろしく云《い》ってやって呉《く》れ。さよなら。もうあわないよ。さよなら。」

よだかは泣《な》きながら自分《じぶん》のお家《うち》へ帰《かえ》って参《まい》りました。みじかい夏《なつ》の夜《よる》はもうあけかかっていました。

羊歯《しだ》の葉《は》は、よあけの霧《きり》を吸《す》って、青《あお》くつめたくゆれました。よだかは高《たか》くきしきしきしと鳴《な》きました。そして巣《す》の中《なか》をきちんとかたづけ、きれいにからだ中《じゅう》のはねや毛《け》をそろえて、また巣《す》から飛《と》び出《だ》しました。

霧《きり》がはれて、お日《ひ》さまが丁度東《ちょうどひがし》からのぼりました。夜《よ》だかはぐらぐらするほどまぶしいのをこらえて、矢《や》のように、そっちへ飛《と》んで行《い》きました。

「お日《ひ》さん、お日《ひ》さん。どうぞ私《わたし》をあなたの所《ところ》へ連《つ》れてって下《くだ》さい。灼《や》けて死《し》んでもかまいません。私《わたし》のようなみにくいからだでも灼《や》けるときには小《ちい》さなひかりを出《だ》すでしょう。どうか私《わたし》を連《つ》れてって下《くだ》さい。」

行《い》っても行《い》っても、お日《ひ》さまは近《ちか》くなりませんでした。かえってだんだん小《ちい》さく遠《とお》くなりながらお日《ひ》さまが云《い》いました。

「お前《まえ》はよだかだな。なるほど、ずいぶんつらかろう。今度《こんど》そらを飛《と》んで、星《ほし》にそうたのんでごらん。お前《まえ》はひるの鳥《とり》ではないのだからな。」

夜《よ》だかはおじぎを一《ひと》つしたと思《おも》いましたが、急《きゅう》にぐらぐらしてとうとう野原《のはら》の草《くさ》の上《うえ》に落《お》ちてしまいました。そしてまるで夢《ゆめ》を見《み》ているようでした。からだがずうっと赤《あか》や黄《き》の星《ほし》のあいだをのぼって行《い》ったり、どこまでも風《かぜ》に飛《と》ばされたり、又鷹《またたか》が来《き》てからだをつかんだりしたようでした。

つめたいものがにわかに顔《かお》に落《お》ちました。よだかは眼《め》をひらきました。一本《いっぽん》の若《わか》いすすきの葉《は》から露《つゆ》がしたたったのでした。もうすっかり夜《よる》になって、空《そら》は青《あお》ぐろく、一面《いちめん》の星《ほし》がまたたいていました。よだかはそらへ飛《と》びあがりました。今夜《こんや》も山《やま》やけの火《ひ》はまっかです。よだかはその火《ひ》のかすかな照《て》りと、つめたいほしあかりの中《なか》をとびめぐりました。それからもう一《いっ》ぺん飛《と》びめぐりました。そして思《おも》い切《き》って西《にし》のそらのあの美《うつく》しいオリオンの星《ほし》の方《ほう》に、まっすぐに飛《と》びながら叫《さけ》びました。

「お星《ほし》さん。西《にし》の青《あお》じろいお星《ほし》さん。どうか私《わたし》をあなたのところへ連《つ》れてって下《くだ》さい。灼《や》けて死《し》んでもかまいません。」

オリオンは勇《いさ》ましい歌《うた》をつづけながらよだかなどはてんで相手《あいて》にしませんでした。よだかは泣《な》きそうになって、よろよろと落《お》ちて、それからやっとふみとまって、もう一《いっ》ぺんとびめぐりました。それから、南《みなみ》の大犬座《おおいぬざ》の方《ほう》へまっすぐに飛《と》びながら叫《さけ》びました。

「お星《ほし》さん。南《みなみ》の青《あお》いお星《ほし》さん。どうか私《わたし》をあなたの所《ところ》へつれてって下《くだ》さい。やけて死《し》んでもかまいません。」

大犬《おおいぬ》は青《あお》や紫《むらさき》や黄《き》やうつくしくせわしくまたたきながら云《い》いました。

「馬鹿《ばか》を云《い》うな。おまえなんか一体《いったい》どんなものだい。たかが鳥《とり》じゃないか。おまえのはねでここまで来《く》るには、億年《おくねん》兆年億兆年《ちょうねんおくちょうねん》だ。」そしてまた別《べつ》の方《ほう》を向《む》きました。

よだかはがっかりして、よろよろ落《お》ちて、それから又二《またに》へん飛《と》びめぐりました。それから又思《またおも》い切《き》って北《きた》の大熊星《おおぐまぼし》の方《ほう》へまっすぐに飛《と》びながら叫《さけ》びました。

「北《きた》の青《あお》いお星《ほし》さま、あなたの所《ところ》へどうか私《わたし》を連《つ》れてって下《くだ》さい。」

大熊星《おおぐまぼし》はしずかに云《い》いました。

「余計《よけい》なことを考《かんが》えるものではない。少《すこ》し頭《あたま》をひやして来《き》なさい。そう云《い》うときは、氷山《ひょうざん》の浮《う》いている海《うみ》の中《なか》へ飛《と》び込《こ》むか、近《ちか》くに海《うみ》がなかったら、氷《こおり》をうかべたコップの水《みず》の中《なか》へ飛《と》び込《こ》むのが一等《いっとう》だ。」

よだかはがっかりして、よろよろ落《お》ちて、それから又《また》、四《よん》へんそらをめぐりました。そしてもう一度《いちど》、東《ひがし》から今《いま》のぼった天《あま》の川《がわ》の向《むこ》う岸《ぎし》の鷲《わし》の星《ほし》に叫《さけ》びました。

「東《ひがし》の白《しろ》いお星《ほし》さま、どうか私《わたし》をあなたの所《ところ》へ連《つ》れてって下《くだ》さい。やけて死《し》んでもかまいません。」

鷲《わし》は大風《おおふう》に云《い》いました。

「いいや、とてもとても、話《はなし》にも何《なん》にもならん。星《ほし》になるには、それ相応《そうおう》の身分《みぶん》でなくちゃいかん。又《また》よほど金《かね》もいるのだ。」

よだかはもうすっかり力《ちから》を落《おと》してしまって、はねを閉《と》じて、地《ち》に落《お》ちて行《い》きました。そしてもう一尺《いっしゃく》で地面《じめん》にその弱《よわ》い足《あし》がつくというとき、よだかは俄《にわ》かにのろしのようにそらへとびあがりました。そらのなかほどへ来《き》て、よだかはまるで鷲《わし》が熊《くま》を襲《おそ》うときするように、ぶるっとからだをゆすって毛《け》をさかだてました。

それからキシキシキシキシキシッと高《たか》く高《たか》く叫《さけ》びました。その声《こえ》はまるで鷹《たか》でした。野原《のはら》や林《はやし》にねむっていたほかのとりは、みんな目《め》をさまして、ぶるぶるふるえながら、いぶかしそうにほしぞらを見《み》あげました。

夜《よ》だかは、どこまでも、どこまでも、まっすぐに空《そら》へのぼって行《い》きました。もう山焼《やまや》けの火《ひ》はたばこの吸殻《すいがら》のくらいにしか見《み》えません。よだかはのぼってのぼって行《い》きました。

寒《さむ》さにいきはむねに白《しろ》く凍《こお》りました。空気《くうき》がうすくなった為《ため》に、はねをそれはそれはせわしくうごかさなければなりませんでした。

それだのに、ほしの大《おお》きさは、さっきと少《すこ》しも変《かわ》りません。つくいきはふいごのようです。寒《さむ》さや霜《しも》がまるで剣《けん》のようによだかを刺《さ》しました。よだかははねがすっかりしびれてしまいました。そしてなみだぐんだ目《め》をあげてもう一《いっ》ぺんそらを見《み》ました。そうです。これがよだかの最後《さいご》でした。もうよだかは落《お》ちているのか、のぼっているのか、さかさになっているのか、上《うえ》を向《む》いているのかも、わかりませんでした。ただこころもちはやすらかに、その血《ち》のついた大《おお》きなくちばしは、横《よこ》にまがっては居《い》ましたが、たしかに少《すこ》しわらって居《お》りました。

それからしばらくたってよだかははっきりまなこをひらきました。そして自分《じぶん》のからだがいま燐《りん》の火《ひ》のような青《あお》い美《うつく》しい光《ひかり》になって、しずかに燃《も》えているのを見《み》ました。

すぐとなりは、カシオピア座《ざ》でした。天《あま》の川《がわ》の青《あお》じろいひかりが、すぐうしろになっていました。

そしてよだかの星《ほし》は燃《も》えつづけました。いつまでも燃《も》えつづけました。

今《いま》でもまだ燃《も》えています。

水仙月《すゐせんづき》の四日《よっか》

雪婆《ゆきば》んごは、遠《とお》くへ出《で》かけて居《を》りました。

猫《ねこ》のやうな耳《みみ》をもち、ぼやぼやした灰《はい》いろの髪《かみ》をした雪婆《ゆきば》んごは、西《にし》の山脈《さんみゃく》の、ちぢれたぎらぎらの雲《くも》を越《こ》えて、遠《とお》くへでかけてゐたのです。

ひとりの子供《こども》が、赤《あか》い毛布《けつと》にくるまつて、しきりにカリ・・・・メラのことを考《かんが》へながら、大《おお》きな象《ぞう》の頭《あたま》のかたちをした、雪丘《ゆきおか》の裾《すそ》を、せかせかうちの方《ほう》へ急《いそ》いで居《お》りました。

（そら、新聞紙《しんぶんがみ》を尖《とが》つたかたちに巻《ま》いて、ふうふうと吹《ふ》くと、炭《すみ》からまるで青火《あおび》が燃《も》える。ぼくはカリメラ鍋《なべ》に赤砂糖《あかざとう》を一《ひと》つまみ入《い》れて、それからザラメを一《ひと》つまみ入《い》れる。水《みず》をたして、あとはくつくつくつと煮《に》るんだ。）ほんたうにもう一生《いっしょう》けん命《めい》、こどもはカリメラのことを考《かんが》へながらうちの方《ほう》へ急《いそ》いでゐました。

お日《ひ》さまは、空《そら》のずうつと遠《とお》くのすきとほつたつめたいとこで、まばゆい白《しろ》い火《ひ》を、どしどしお焚《た》きなさいます。

その光《ひかり》はまつすぐに四方《しほう》に発射《はっしゃ》し、下《した》の方《ほう》に落《お》ちて来《き》ては、ひつそりした台地《だいち》の雪《ゆき》を、いちめんまばゆい雪花石膏《せっくわせきかう》の板《いた》にしました。

二疋《にひき》の雪狼《ゆきおいの》が、べろべろまつ赤《か》な舌《した》を吐《は》きながら、象《ぞう》の頭《あたま》のかたちをした、雪丘《ゆきおか》の上《うえ》の方《ほう》をあるいてゐました。こいつらは人《ひと》の眼《め》には見《み》えないのですが、一《いっ》ぺん風《かぜ》に狂《くる》ひ出《だ》すと、台地《だいち》のはづれの雪《ゆき》の上《うえ》から、すぐぼやぼやの雪雲《ゆきぐも》をふんで、空《そら》をかけまはりもするのです。

「しゆ、あんまり行《い》つていけないつたら。」雪狼《ゆきおいの》のうしろから白熊《しろくま》の毛皮《けがわ》の三角帽子《さんかくぼうし》をあみだにかぶり、顔《かお》を苹果《りんご》のやうにかがやかしながら、雪童子《ゆきわらす》がゆつくり歩《ある》いて来《き》ました。

雪狼《ゆきおいの》どもは頭《あたま》をふつてくるりとまはり、またまつ赤《か》な舌《した》を吐《は》いて走《はし》りました。

「カシオピイア、
もう水仙《すゐせん》が咲《さ》き出《だ》すぞ
おまへのガラスの水車《みづぐるま》
きつきとまはせ。」

雪童子《ゆきわらす》はまつ青なそらを見《み》あげて見《み》えない星《ほし》に叫《さけ》びました。その空《そら》からは青《あお》びかりが波《なみ》になつてわくわくと降《ふ》り、雪狼《ゆきおいの》どもは、ずうつと遠《とお》くで焔《ほのほ》のやうに赤《あか》い舌《した》をべろべろ吐《は》いてゐます。

「しゆ、戻《もど》れつたら、しゆ、」雪童子《ゆきわらす》がはねあがるやうにして叱《しか》りましたら、いままで雪《ゆき》にくつきり落《お》ちてゐた雪童子《ゆきわらす》の影法師《かげぼうし》は、ぎらつと白《しろ》いひかりに変《かわ》り、狼《おいの》どもは耳《みみ》をたてて一《いち》さんに戻《もど》つてきました。

「アンドロメダ、
あざみの花《はな》がもう咲《さ》くぞ、
おまへのラムプのアルコホル、
しゆうしゆと噴《ふ》かせ。」

雪童子《ゆきわらす》は、風《かぜ》のやうに象《ぞう》の形《かたち》の丘《おか》にのぼりました。雪《ゆき》には風《かぜ》で介殻《かひがら》のやうなかたがつき、その頂《いただき》には、一本《いっぽん》の大《おお》きな栗《くり》の木《き》が、美《うつく》しい黄金《きん》いろのやどりぎのまりをつけて立《た》つてゐました。

「とつといで。」雪童子《ゆきわらす》が丘《おか》をのぼりながら云《い》ひますと、一疋《いっぴき》の雪狼《ゆきおいの》は、主人《しゅじん》の小《ち》さな歯《は》のちらつと光《ひか》るのを見《み》るや、ごむまりのやうにいきなり木《き》にはねあがつて、その赤《あか》い実《み》のついた小《ち》さな枝《えだ》を、がちがち噛《か》じりました。木《き》の上《うえ》でしきりに頸《くび》をまげてゐる雪狼《ゆきおいの》の影法師《かげぼうし》は、大《おお》きく長《なが》く丘《おか》の雪《ゆき》に落《お》ち、枝《えだ》はたうとう青《あお》い皮《かわ》と、黄《き》いろの心《しん》とをちぎられて、いまのぼつてきたばかりの雪童子《ゆきわらす》の足《あし》もとに落《お》ちました。

「ありがたう。」雪童子《ゆきわらす》はそれをひろひながら、白《しろ》と藍《あゐ》いろの野《の》はらにたつてゐる、美《うつく》しい町《まち》をはるかにながめました。川《かわ》がきらきら光《ひか》つて、停車場《ていしゃば》からは白《しろ》い煙《けむり》もあがつてゐました。雪童子《ゆきわらす》は眼《め》を丘《おか》のふもとに落《おと》しました。その山裾《やますそ》の細《ほそ》い雪《ゆき》みちを、さつきの赤毛布《あかけつと》を着《き》た子供《こども》が、一《いっ》しんに山《やま》のうちの方《ほう》へ急《いそ》いでゐるのでした。

「あいつは昨日《きのう》、木炭《すみ》のそりを押《お》して行《い》つた。砂糖《さとう》を買《か》つて、じぶんだけ帰《かえ》つてきたな。」雪童子《ゆきわらす》はわらひながら、手《て》にもつてゐたやどりぎの枝《えだ》を、ぷいつとこどもになげつけました。枝《えだ》はまるで弾丸《たま》のやうにまつすぐに飛《と》んで行《い》つて、たしかに子供《こども》の目《め》の前《まえ》に落《お》ちました。

子供《こども》はびつくりして枝《えだ》をひろつて、きよろきよろあちこちを見《み》まはしてゐます。雪童子《ゆきわらす》はわらつて革《かわ》むちを一《ひと》つひゆうと鳴《な》らしました。

すると、雲《くも》もなく研《みが》きあげられたやうな群青《ぐんじやう》の空《そら》から、まつ白《しろ》な雪《ゆき》が、さぎの毛《け》のやうに、いちめんに落《お》ちてきました。それは下《した》の平原《へいげん》の雪《ゆき》や、ビール色《いろ》の日光《につこう》、茶《ちや》いろのひのきでできあがつた、しづかな奇麗《きれい》な日曜日《にちようび》を、一《いっ》そう美《うつく》しくしたのです。

子《こ》どもは、やどりぎの枝《えだ》をもつて、一生《いつしよう》けん命《めい》にあるきだしました。

けれども、その立派《りつぱ》な雪《ゆき》が落《お》ち切《き》つてしまつたころから、お日《ひ》さまはなんだか空《そら》の遠《とお》くの方《ほう》へお移《うつ》りになつて、そこのお旅屋《たや》で、あのまばゆい白《しろ》い火《ひ》を、あたらしくお焚《た》きなされてゐるやうでした。

そして西北《にしきた》の方《ほう》からは、少《すこ》し風《かぜ》が吹《ふ》いてきました。

もうよほど、そらも冷《つめ》たくなつてきたのです。東《ひがし》の遠《とお》くの海《うみ》の方《ほう》では、空《そら》の仕掛《しか》けを外《はず》したやうな、ちひさなカタツといふ音《おと》が聞《きこ》え、いつかまつしろな鏡《かがみ》に変《かわ》つてしまつたお日《ひ》さまの面《めん》を、なにかちひさなものがどんどんよこ切《ぎ》つて行《い》くやうです。

雪童子《ゆきわらす》は革《かは》むちをわきの下《した》にはさみ、堅《かた》く腕《うで》を組《く》み、唇《くちびる》を結《むす》んで、その風《かぜ》の吹《ふ》いて来《く》る方《ほう》をじつと見《み》てゐました。狼《おいの》どもも、まつすぐに首《くび》をのばして、しきりにそつちを望《のぞ》みました。

　風《かぜ》はだんだん強《つよ》くなり、足《あし》もとの雪《ゆき》は、さらさらさらさらうしろへ流《なが》れ、間《ま》もなく向《むか》ふの山脈《さんみゃく》の頂《いただき》に、ぱつと白《しろ》いけむりのやうなものが立《た》つたとおもふと、もう西《にし》の方《ほう》は、すつかり灰《はい》いろに暗《くら》くなりました。

　雪童子《ゆきわらす》の眼《め》は、鋭《するど》く燃《も》えるやうに光《ひか》りました。そらはすつかり白《しろ》くなり、風《かぜ》はまるで引《ひ》き裂《さ》くやう、早《はや》くも乾《かわ》いたこまかな雪《ゆき》がやつて来《き》ました。そこらはまるで灰《はい》いろの雪《ゆき》でいつぱいです。雪《ゆき》だか雲《くも》だかもわからないのです。

　丘《おか》の稜《かど》は、もうあつちもこつちも、みんな一度《いちど》に、軋《きし》るやうに切《き》るやうに鳴《な》り出《だ》しました。地平線《ちへいせん》も町《まち》も、みんな暗《くら》い烟《けむり》の向《むか》ふになつてしまひ、雪童子《ゆきわらす》の白《しろ》い影《かげ》ばかり、ぼんやりまつすぐに立《た》つてゐます。

その裂《さ》くやうな吼《ほ》えるやうな風《かぜ》の音《おと》の中《なか》から、

「ひゆう、なにをぐづぐづしてゐるの。さあ降《ふ》らすんだよ。降《ふ》らすんだよ。ひゆうひゆうひゆうひゆう、ひゆひゆう、降《ふ》らすんだよ、飛《と》ばすんだよ、なにをぐづぐづしてゐるの。こんなに急《いそ》がしいのにさ。ひゆう、ひゆう、向《むか》ふからさへわざと三人連《さんにんつ》れてきたぢやないか。さあ、降《ふ》らすんだよ。ひゆう。」あやしい声《こえ》がきこえてきました。

雪童子《ゆきわらす》はまるで電気《でんき》にかかつたやうに飛《と》びたちました。雪婆《ゆきば》んごがやつてきたのです。

ぱちつ、雪童子《ゆきわらす》の革《かは》むちが鳴《な》りました。狼《おいの》どもは一《いっ》ぺんにはねあがりました。雪《ゆき》わらすは顔《かお》いろも青《あお》ざめ、唇《くちびる》も結《むす》ばれ、帽子《ぼうし》も飛《と》んでしまひました。

「ひゆう、ひゆう、さあしつかりやるんだよ。なまけちやいけないよ。ひゆう、ひゆう。さあしつかりやつてお呉《く》れ。

今日《きょう》はここらは水仙月《すゐせんづき》の四日《よっか》だよ。さあしつかりさ。ひゆう。」

雪婆《ゆきば》んごの、ぼやぼやつめたい白髪《しらが》は、雪《ゆき》と風《かぜ》とのなかで渦《うず》になりました。どんどんかける黒雲《くろくも》の間《あいだ》から、その尖《とが》つた耳《みみ》と、ぎらぎら光《ひか》る黄金《きん》の眼《め》も見《み》えます。

西《にし》の方《ほう》の野原《のはら》から連《つ》れて来《こ》られた三人《さんにん》の雪童子《ゆきわらす》も、みんな顔《かお》いろに血《ち》の気《け》もなく、きちつと唇《くちびる》を噛《か》んで、お互挨拶《たがいあいさつ》さへも交《か》はさずに、もうつづけざませはしく革《かは》むちを鳴《な》らし行《い》つたり来《き》たりしました。もうどこが丘《おか》だか雪《ゆき》けむりだか空《そら》だかさへもわからなかつたのです。聞《き》こえるものは雪婆《ゆきば》んごのあちこち行《い》つたり来《き》たりして叫《さけ》ぶ声《こえ》、お互《たがい》の革鞭《かはむち》の音《おと》、それからいまは雪《ゆき》の中《なか》をかけあるく九疋《くひき》の雪狼《ゆきおいの》どもの息《いき》の音《おと》ばかり、そのなかから雪童子《ゆきわらす》はふと、風《かぜ》にけされて泣《な》いてゐるさつきの子供《こども》の声《こえ》をききました。

雪童子《ゆきわらす》の瞳《ひとみ》はちよつとをかしく燃《も》えました。しばらくたちどまつて考《かんが》へてゐましたがいきなり烈《はげ》しく鞭《むち》をふつてそつちへ走《はし》つたのです。

けれどもそれは方角《ほうがく》がちがつてゐたらしく雪童子《ゆきわらす》はずうっ

つと南《みなみ》の方《ほう》の黒《くろ》い松山《まつやま》にぶっつかりました。雪童子《ゆきわらす》は革《かは》むちをわきにはさんで耳《みみ》をすましました。

「ひゅう、ひゅう、なまけちや承知《しょうち》しないよ。降《ふ》らすんだよ、降《ふ》らすんだよ。さあ、ひゅう。今日《きょう》は水仙月《すゐせんづき》の四日《よっか》だよ。ひゅう、ひゅう、ひゅう、ひゅうひゅう。」

そんなはげしい風《かぜ》や雪《ゆき》の声《こえ》の間《あいだ》からすきとほるやうな泣声《なきごえ》がちらつとまた聞《きこ》えてきました。雪童子《ゆきわらす》はまつすぐにそつちへかけて行《い》きました。雪婆《ゆきば》んごのふりみだした髪《かみ》が、その顔《かお》に気《き》みわるくさはりました。峠《とうげ》の雪《ゆき》の中《なか》に、赤《あか》い毛布《けっと》をかぶつたさつきの子《こ》が、風《かぜ》にかこまれて、もう足《あし》を雪《ゆき》から抜《ぬ》けなくなつてよろよろ倒《たお》れ、雪《ゆき》に手《て》をついて、起《お》きあがらうとして泣《な》いてゐたのです。

「毛布《けっと》をかぶつて、うつ向《む》けになつておいで。毛布《けっと》をかぶつて、うつむけになつておいで。ひゆう。」雪童子《ゆきわらす》は走《はし》りながら叫《さけ》びました。けれどもそれは子《こ》どもにはただ風《かぜ》の声《こえ》ときこえ、そのかたちは眼《め》に見《み》えなかつたのです。

「うつむけに倒《たお》れておいで。ひゆう。動《うご》いちやいけない。ぢきやむからけつとをかぶつて倒《たお》れておいで。」雪《ゆき》わらすはかけ戻《もど》りながら又叫《またさけ》びました。子《こ》どもはやっぱり起《お》きあがらうとしてもがいてゐました。

「倒《たお》れておいで、ひゆう、だまってうつむけに倒《たお》れておいで、今日《きょう》はそんなに寒《さむ》くないんだから凍《こご》えやしない。」

雪童子《ゆきわらす》は、も一《いち》ど走《はし》り抜《ぬ》けながら叫《さけ》びました。子《こ》どもは口《くち》をびくびくまげて泣《な》きながらまた起《お》きあがらうとしました。

「倒《たお》れてゐるんだよ。だめだねえ。」雪童子《ゆきわらす》は向《むか》ふからわざとひどくつきあたつて子《こ》どもを倒《たお》しました。

「ひゆう、もつとしつかりやつておくれ、なまけちやいけない。さあ、ひゆう」

雪婆《ゆきば》んごがやつてきました。その裂《さ》けたやうに紫《むらさき》な口《くち》も尖《とが》つた歯《は》もぼんやり見《み》えました。

「おや、をかしな子《こ》がゐるね、さうさう、こつちへとつておしまひ。水仙月《すゐせんづき》の四日《よっか》だもの、一人《ひとり》や二人《ふたり》とつたつていゝんだよ。」

「えゝ、さうです。さあ、死《し》んでしまへ。」雪童子《ゆきわらす》はわざとひどくぶつつかりながらまたそつと云《い》ひました。

「倒《たお》れてゐるんだよ。動《うご》いちやいけない。動《うご》いちやいけないつたら。」

狼《おいの》どもが気《き》ちがひのやうにかけめぐり、黒《くろ》い足《あし》は雪雲《ゆきぐも》の間《あいだ》からちらちらちらしました。

「さうさう、それでいゝよ。さあ、降《ふ》らしておくれ。なまけちや承知《しょうち》しないよ。ひゆうひゆうひゆう、ひゆひゆう。」雪婆《ゆきば》んごは、また向《むか》ふへ飛《と》んで行《い》きました。

子供《こども》はまた起《お》きあがらうとしました。雪童子《ゆきわらす》は笑《わら》ひながら、も一度《いちど》ひどくつきあたりました。もうそのころは、ぼんやり暗《くら》くなつて、まだ三時《さんじ》にもならないに、日《ひ》が暮《く》れるやうに思《おも》はれたのです。こどもは力《ちから》もつきて、もう起《お》きあがらうとしませんでした。雪童子《ゆきわらす》は笑《わら》ひながら、手《て》をのばして、その赤《あか》い毛布《けつと》を上《うえ》からすつかりかけてやりました。

「さうして睡《ねむ》つておいで。布団《ふとん》をたくさんかけてあげるから。さうすれば凍《こご》えないんだよ。あしたの朝《あさ》までカリメラ・・・・の夢《ゆめ》を見《み》ておいで。」

雪《ゆき》わらすは同《おな》じとこを何《なん》べんもかけて、雪《ゆき》をたくさんこどもの上《うえ》にかぶせました。まもなく赤《あか》い毛布《けっと》も見《み》えなくなり、あたりとの高《たか》さも同《おな》じになってしまひました。

「あのこどもは、ぼくのやったやどりぎをもってゐた。」雪童子《ゆきわらす》はつぶやいて、ちよっと泣《な》くやうにしました。

「さあ、しっかり、今日《きょう》は夜《よる》の二時《にじ》までやすみなしだよ。

ここらは水仙月《すゐせんづき》の四日《よっか》なんだから、やすんぢやいけない。さあ、降《ふ》らしておくれ。ひゆう、ひゆうひゆう、ひゆひゆう。」

雪婆《ゆきば》んごはまた遠《とお》くの風《かぜ》の中《なか》で叫《さけ》びました。

そして、風《かぜ》と雪《ゆき》と、ぼさぼさの灰《はい》のやうな雲《くも》のなかで、ほんたうに日《ひ》は暮《く》れ雪《ゆき》は夜《よる》ぢゆう降《ふ》つて降《ふ》つて降《ふ》つたのです。やつと夜明《よあ》けに近《ちか》いころ、雪婆《ゆきば》んごはも一度《いちど》、南《みなみ》から北《きた》へまつすぐに馳《は》せながら云《い》ひました。

「さあ、もうそろそろやすんでいゝよ。あたしはこれからまた海《うみ》の方《ほう》へ行《い》くからね、だれもついて来《こ》ないでいいよ。ゆつくりやすんでこの次《つぎ》の仕度《したく》をして置《お》いておくれ。ああまあいいあんばいだつた。水仙月《すゐせんづき》の四日《よっか》がうまく済《す》んで。」

その眼《め》は闇《やみ》のなかでをかしく青《あお》く光《ひか》り、ばさばさの髪《かみ》を渦巻《うずま》かせ口《くち》をびくびくしながら、東《ひがし》の方《ほう》へかけて行《い》きました。

野《の》はらも丘《おか》もほつとしたやうになつて、雪《ゆき》は青《あお》じろくひかりました。空《そら》もいつかすつかり霽《は》れて、桔梗《ききやう》いろの天球《てんきゅう》には、いちめんの星座《せいざ》がまたたきました。

雪童子《ゆきわらす》らは、めいめい自分《じぶん》の狼《おいの》をつれて、はじめてお互《たがい》挨拶《あいさつ》しました。

「ずゐぶんひどかつたね。」

「ああ、」

「こんどはいつ会《あ》ふだらう。」

「いつだらうねえ、しかし今年中《ことしじゅう》に、もう二《に》へんぐらゐのもんだらう。」

「早《はや》くいつしよに北《きた》へ帰《かえ》りたいね。」

「ああ。」

「さつきこどもがひとり死《し》んだな。」

「大丈夫《だいじょうぶ》だよ。眠《ねむ》つてるんだ。あしたあすこへぼくしるしをつけておくから。」

「ああ、もう帰《かえ》らう。夜明《よあ》けまでに向《むか》ふへ行《い》かなくちや。」

「まあい〻だらう。ぼくね、どうしてもわからない。あいつはカシオペーアの三《み》つ星《ぼし》だらう。みんな青《あお》い火《ひ》なんだらう。それなのに、どうして火《ひ》がよく燃《も》えれば、雪《ゆき》をよこすんだらう。」

「それはね、電気菓子《でんきがし》とおなじだよ。そら、ぐるぐるぐるまはつてゐるだらう。ザラメがみんな、ふわふわのお菓子《かし》になるねえ、だから火《ひ》がよく燃《も》えればい〻んだよ。」

「ああ。」

「ぢや、さよなら。」

「さよなら。」

三人《さんにん》の雪童子《ゆきわらす》は、九疋《くひき》の雪狼《ゆきおいの》をつれて、西《にし》の方《ほう》へ帰《かえ》つて行《い》きました。

まもなく東《ひがし》のそらが黄《き》ばらのやうに光《ひか》り、琥珀《こはく》いろにかゞやき、黄金《きん》に燃《も》えだしました。丘《おか》も野原《のはら》もあたらしい雪《ゆき》でいっぱいです。

雪狼《ゆきおいの》どもはつかれてぐったり座《すわ》ってゐます。雪童子《ゆきわらす》も雪《ゆき》に座《すわ》ってわらひました。その頬《ほほ》は林檎《りんご》のやう、その息《いき》は百合《ゆり》のやうにかをりました。

ギラギラのお日《ひ》さまがお登《のぼ》りになりました。今朝《けさ》は青味《あおみ》がかって一《いっ》そう立派《りっぱ》です。日光《にっこう》は桃《もも》いろにいっぱいに流《なが》れました。雪狼《ゆきおいの》は起《お》きあがって大《おお》きく口《くち》をあき、その口《くち》からは青《あお》い焔《ほのほ》がゆらゆらと燃《も》えました。

「さあ、おまへたちはぼくについておいで。夜《よ》があけたから、あの子《こ》どもを起《お》さなけあいけない。」

雪童子《ゆきわらす》は走《はし》つて、あの昨日《きのう》の子供《こども》の埋《うづ》まつてゐるとこへ行《い》きました。

「さあ、ここらの雪《ゆき》をちらしておくれ。」

雪狼《ゆきおいの》どもは、たちまち後足《うしろあし》で、そこらの雪《ゆき》をけたてました。風《かぜ》がそれをけむりのやうに飛《と》ばしました。

かんじきをはき毛皮《けがわ》を着《き》た人《ひと》が、村《むら》の方《ほう》から急《いそ》いでやってきました。

「もういゝよ。」雪童子《ゆきわらす》は子供《こども》の赤《あか》い毛布《けつと》のはじが、ちらつと雪《ゆき》から出《で》たのをみて叫《さけ》びました。

「お父《とう》さんが来《き》たよ。もう眼《め》をおさまし。」雪《ゆき》わらすはうしろの丘《おか》にかけあがつて一本《いつぽん》の雪《ゆき》けむりをたてながら叫《さけ》びました。子《こ》どもはちらつとうごいたやうでした。そして毛皮《けがわ》の人《ひと》は一生《いつしょう》けん命走《めいはし》つてきました。

鹿踊《ししおど》りのはじまり

そのとき西《にし》のぎらぎらのちぢれた雲《くも》のあいだから、夕陽《ゆうひ》は赤《あか》くななめに苔《こけ》の野原《のはら》に注《そそ》ぎ、すすきはみんな白《しろ》い火《ひ》のようにゆれて光《ひか》りました。わたくしが疲《つか》れてそこに睡《ねむ》りますと、ざあざあ吹《ふ》いていた風《かぜ》が、だんだん人《ひと》のことばにきこえ、やがてそれは、いま北上《きたかみ》の山《やま》の方《ほう》や、野原《のはら》に行《おこな》われていた鹿踊《ししおど》りの、ほんとうの精神《せいしん》を語《かた》りました。

そこらがまだまるっきり、丈高《たけたか》い草《くさ》や黒《くろ》い林《はやし》のままだったとき、嘉十《かじゅう》はおじいさんたちと北上川《きたかみがわ》の東《ひがし》から移《うつ》ってきて、小《ちい》さな畑《はたけ》を開《ひら》いて、粟《あわ》や稗《ひえ》をつくっていました。

あるとき嘉十《かじゅう》は、栗《くり》の木《き》から落《お》ちて、少《すこ》し左《ひだり》の膝《ひざ》を悪《わる》くしました。そんなときみんなはいつでも、西《にし》の山《やま》の中《なか》の湯《ゆ》の湧《わ》くとこへ行《い》って、小屋《こや》をかけて泊《とま》って療《なお》すのでした。

天気《てんき》のいい日《ひ》に、嘉十《かじゅう》も出《で》かけて行《い》きました。糧《かて》と味噌《みそ》と鍋《なべ》とをしょって、もう銀《ぎん》いろの穂《ほ》を出《だ》したすすきの野原《のはら》をすこしびっこをひきながら、ゆっくりゆっくり歩《ある》いて行《い》ったのです。

いくつもの小流《こなが》れや石原《いしはら》を越《こ》えて、山脈《さんみゃく》のかたちも大《おお》きくはっきりなり、山《やま》の木《き》も一本一本《いっぽんいっぽん》、すぎごけのように見《み》わけられるところまで来《き》たときは、太陽《たいよう》はもうよほど西《にし》に外《そ》れて、十本《じゅっぽん》ばかりの青《あお》いはんのきの木立《こだち》の上《うえ》に、少《すこ》し青《あお》ざめてぎらぎら光《ひか》ってかかりました。

嘉十《かじゅう》は芝草《しばくさ》の上《うえ》に、せなかの荷物《にもつ》をどっかりおろして、栃《とち》と粟《あわ》とのだんごを出《だ》して喰《た》べはじめました。すすきは幾《いく》むらも幾《いく》むらも、はては野原《のはら》いっぱいのように、まっ白《しろ》に光《ひか》って波《なみ》をたてました。嘉十《かじゅう》はだんごをたべながら、すすきの中《なか》から黒《くろ》くまっすぐに立《た》っている、はんのきの幹《みき》をじつにりっぱだとおもいました。

ところがあんまり一生《いっしょう》けん命《めい》あるいたあとは、どうもなんだかお腹《なか》がいっぱいのような気《き》がするのです。そこで嘉十《かじゅう》も、おしまいに栃《とち》の団子《だんご》をとちの実《み》のくらい残《のこ》しました。

「こいづば鹿《しか》さ呉《け》でやべか。それ、鹿《しか》、来《き》て喰《け》」と嘉十《かじゅう》はひとりごとのように言《い》って、それをうめばちそうの白《しろ》い花《はな》の下《した》に置《お》きました。それから荷物《にもつ》をまたしょって、ゆっくりゆっくり歩《ある》きだしました。

ところが少《すこ》し行《い》ったとき、嘉十《かじゅう》はさっきのやすんだところに、手拭《てぬぐい》を忘《わす》れて来《き》たのに気《き》がつきましたので、急《いそ》いでまた引《ひ》っ返《かえ》しました。あのはんのきの黒《くろ》い木立《こだち》がじき近《ちか》くに見《み》えていて、そこまで戻《もど》るぐらい、なんの事《こと》でもないようでした。

けれども嘉十《かじゅう》はぴたりとたちどまってしまいました。

それはたしかに鹿《しか》のけはいがしたのです。

鹿《しか》が少《すく》なくても五六疋《ごろっぴき》、湿《しめ》っぽいはなづらをずうっと延《の》ばして、しずかに歩《ある》いているらしいのでした。

嘉十《かじゅう》はすすきに触《ふ》れないように気《き》を付《つ》けながら、爪立《つまだ》てをして、そっと苔《こけ》を踏《ふ》んでそっちの方《ほう》へ行《い》きました。

たしかに鹿《しか》はさっきの栃《とち》の団子《だんご》にやってきたのでした。

「はあ、鹿等《しかだ》あ、すぐに来《き》たもな。」と嘉十《かじゅう》は咽喉《のど》の中《なか》で、笑《わら》いながらつぶやきました。そしてからだをかがめて、そろりそろりと、そっちに近《ちか》よって行《い》きました。

一《ひと》むらのすすきの陰《かげ》から、嘉十《かじゅう》はちょっと顔《かお》をだして、びっくりしてまたひっ込《こ》めました。六疋《ろっぴき》ばかりの鹿《しか》が、さっきの芝原《しばはら》を、ぐるぐるぐるぐる環《わ》になって廻《まわ》っているのでした。嘉十《かじゅう》はすすきの隙間《すきま》から、息《いき》をこらしてのぞきました。

太陽《たいよう》が、ちょうど一本《いっぽん》のはんのきの頂《いただき》にかかっていましたので、その梢《こずえ》はあやしく青《あお》くひかり、まるで鹿《しか》の群《むれ》を見《み》おろしてじっと立《た》っている青《あお》いいきもののようにおもわれました。すすきの穂《ほ》も、一本《いっぽん》ずつ銀《ぎん》いろにかがやき、鹿《しか》の毛並《けなみ》がことにその日《ひ》はりっぱでした。

嘉十《かじゅう》はよろこんで、そっと片膝《かたひざ》をついてそれに見《み》とれました。

鹿《しか》は大《おお》きな環《わ》をつくって、ぐるぐるぐるぐる廻《まわ》っていましたが、よく見《み》るとどの鹿《しか》も環《わ》のまんなかの方《ほう》に気《き》がとられているようでした。その証拠《しょうこ》には、頭《あたま》も耳《みみ》も眼《め》もみんなそっちへ向《む》いて、おまけにたびたび、いかにも引《ひ》っぱられるように、よろよろと二足三足《ふたあしみあし》、環《わ》からはなれてそっちへ寄《よ》って行《い》きそうにするのでした。

もちろん、その環《わ》のまんなかには、さっきの嘉十《かじゅう》の栃《とち》の団子《だんご》がひとかけ置《お》いてあったのでしたが、鹿《しか》どものしきりに気《き》にかけているのは決《けっ》して団子《だんご》ではなくて、そのとなりの草《くさ》の上《うえ》にくの字《じ》になって落《お》ちている、嘉十《かじゅう》の白《しろ》い手拭《てぬぐい》らしいのでした。嘉十《かじゅう》は痛《いた》い足《あし》をそっと手《て》で曲《ま》げて、苔《こけ》の上《うえ》にきちんと座《すわ》りました。

鹿《しか》のめぐりはだんだんゆるやかになり、みんなは交《かわ》る交《がわ》る、前肢《まえあし》を一本環《いっぽんわ》の中《なか》の方《ほう》へ出《だ》して、今《いま》にもかけ出《だ》して行《い》きそうにしては、びっくりしたようにまた引《ひ》っ込《こ》めて、とっとっとっとっしずかに走《はし》るのでした。その足音《あしおと》は気《き》もちよく野原《のはら》の黒土《くろつち》の底《そこ》の方《ほう》までひびきました。それから鹿《しか》どもはまわるのをやめてみんな手拭《てぬぐい》のこちらの方《ほう》に来《き》て立《た》ちました。

嘉十《かじゅう》はにわかに耳《みみ》がきいんと鳴《な》りました。そしてがたがたふるえました。鹿《しか》どもの風《かぜ》にゆれる草穂《くさぼ》のような気《き》もちが、波《なみ》になって伝《つた》わって来《き》たのでした。

嘉十《かじゅう》はほんとうにじぶんの耳《みみ》を疑《うたが》いました。それは鹿《しか》のことばがきこえてきたからです。

「じゃ、おれ行《い》って見《み》で来《こ》べが。」

「うんにゃ、危《あぶ》ないじゃ。も少《すこ》し見《み》でべ。」

こんなことばもきこえました。

「何時《いつ》だがの狐《きつね》みだいに口発破《くちはっぱ》などさ罹《かか》ってあ、つまらないもな、高《たか》で栃《とち》の団子《だんご》などでよ。」

「そだそだ、全《まった》ぐだ。」

こんなことばも聞《き》きました。

「生《い》きものだがも知《し》れないじゃい。」

「うん。生《い》きものらしどごもあるな。」

こんなことばも聞《きこ》えました。そのうちにとうとう一疋《いっぴき》が、いかにも決心《けっしん》したらしく、せなかをまっすぐにして環《わ》からはなれて、まんなかの方《ほう》に進《すす》み出《で》ました。

みんなは停《とま》ってそれを見《み》ています。

進《すす》んで行《い》った鹿《しか》は、首《くび》をあらんかぎり延《の》ばし、四本《しほん》の脚《あし》を引《ひ》きしめ引《ひ》きしめそろりそろりと手拭《てぬぐい》に近《ちか》づいて行《い》きましたが、俄《にわ》かにひどく飛《と》びあがって、一目散《いちもくさん》に遁《に》げ戻《もど》ってきました。廻《まわ》りの五疋《ごひき》も一《いっ》ぺんにぱっと四方《しほう》へちらけようとしましたが、はじめの鹿《しか》が、ぴたりととまりましたのでやっと安心《あんしん》して、のそのそ戻《もど》ってその鹿《しか》の前《まえ》に集《あつ》まりました。

「なじょだた。なにだた、あの白《しろ》い長《なが》いやづあ。」

「縦《たて》に皺《しわ》の寄《よ》ったもんだけあな。」

「そだら生《い》ぎものだないがべ、やっぱり蕈《きのこ》などだべが。毒蕈《ぶすきのこ》だべ。」

「うんにゃ。きのごだない。やっぱり生《い》ぎものらし。」

「そうが。生《い》きもので皺《しわ》うんと寄《よ》ってらば、年老《としよ》りだな。」

「うん年老《としよ》りの番兵《ばんぺい》だ。ううははは。」

「ふふふ青白《あおじろ》の番兵《ばんぺい》だ。」

「ううはは、青《あお》じろ番兵《ばんぺい》だ。」

「こんどおれ行《い》って見《み》べが。」

「行《い》ってみろ、大丈夫《だいじょうぶ》だ。」

「喰《く》っつがないがが。」

「うんにゃ、大丈夫《だいじょうぶ》だ。」

そこでまた一疋《いっぴき》が、そろりそろりと進《すす》んで行《い》きました。

五疋《ごひき》はこちらで、ことりことりとあたまを振《ふ》ってそれを見《み》ていました。

進《すす》んで行《い》った一疋《いっぴき》は、たびたびもうこわくて、たまらないというように、四本《しほん》の脚《あし》を集《あつ》めてせなかを円《まろ》くしたりそっとまたのばしたりして、そろりそろりと進《すす》みました。

そしてとうとう手拭《てぬぐい》のひと足《あし》こっちまで行《い》って、あらんかぎり首《くび》を延《の》ばしてふんふん嗅《か》いでいましたが、俄《にわ》かにはねあがって遁《に》げてきました。みんなもびくっとして一《いっ》ぺんに遁《に》げだそうとしましたが、その一《いっ》ぴきがぴたりと停《と》まりましたのでやっと安心《あんしん》して五《いつ》つの頭《あたま》をその一《ひと》つの頭《あたま》に集《あつ》めました。

「なじょだた、なして逃《に》げで来《き》た。」

「噛《か》じるべとしたようだたもさ。」

「ぜんたいなにだけあ。」

「わがらないな。とにかぐ白《しろ》どそれがら青《あお》ど、両方《りょうほう》のぶちだ。」

「匂《におい》あなじょだ、匂《におい》あ。」

「柳《やなぎ》の葉《は》みだいな匂《におい》だな。」

「はでな、息吐《いぎつ》でるが、息《いぎ》。」

「さあ、そでば、気付《きづ》けないがた。」

「こんどあ、おれあ行《い》って見《み》べが。」

「行《い》ってみろ」

三番目《さんばんめ》の鹿《しか》がまたそろりそろりと進《すす》みました。そのときちょっと風《かぜ》が吹《ふ》いて手拭《てぬぐい》がちらっと動《うご》きましたので、その進《すす》んで行《い》った鹿《しか》はびっくりして立《た》ちどまってしまい、こっちのみんなもびくっとしました。けれども鹿《しか》はやっとまた気《き》を落《お》ちつけたらしく、またそろりそろりと進《すす》んで、とうとう手拭《てぬぐい》まで鼻《はな》さきを延《の》ばしました。

こっちでは五疋《ごひき》がみんなことりことりとお互《たがい》にうなずき合《あ》って居《お》りました。そのとき俄《にわ》かに進《すす》んで行《い》った鹿《しか》が竿立《さおだ》ちになって躍《おど》りあがって遁《に》げてきました。

「何《な》して遁《に》げできた。」

「気味悪《きびわり》ぐなてよ。」

「息吐《いぎつ》でるが。」

「さあ、息《いぎ》の音《おど》あ為《さ》ないがけあな。口《くぢ》も無《な》いようだけあな。」

「あだまあるが。」

「あだまもゆぐわがらないがったな。」

「そだらこんだおれ行《い》って見《み》べが。」

四番目《よんばんめ》の鹿《しか》が出《で》て行《い》きました。これもやっぱりびくびくものです。それでもすっかり手拭《てぬぐい》の前《まえ》まで行《い》って、いかにも思《おも》い切《き》ったらしく、ちょっと鼻《はな》を手拭《てぬぐい》に押《お》しつけて、それから急《いそ》いで引《ひ》っ込《こ》めて、一目《いちもく》さんに帰《かえ》ってきました。

「おう、柔《や》っけもんだぞ。」

「泥《どろ》のようにが。」

「うんにゃ。」

「草《くさ》のようにが。」

「うんにゃ。」

「ごま・・・・ざいの毛《け》のようにが。」

「うん、あれよりあ、も少《すこ》し硬《こわ》ぱしな。」

「なにだべ。」

「とにかぐ生《い》ぎもんだ。」

「やっぱりそうだが。」

「うん、汗臭《あせくさ》いも。」

「おれも一遍《ひとがえり》行《い》ってみべが。」

五番目《ごばんめ》の鹿《しか》がまたそろりそろりと進《すす》んで行《い》きました。この鹿《しか》はよほどおどけもののようでした。手拭《てぬぐい》の上《うえ》にすっかり頭《あたま》をさげて、それからいかにも不審《ふしん》だというように、頭《あたま》をかくっと動《うご》かしましたので、こっちの五疋《ごひき》がはねあがって笑《わら》いました。

向《むか》うの一疋《いっぴき》はそこで得意《とくい》になって、舌《した》を出《だ》して手拭《てぬぐい》を一《ひと》つべろりと嘗《な》めましたが、にわかに怖《こわ》くなったとみえて、大《おお》きく口《くち》をあけて舌《した》をぶらさげて、まるで風《かぜ》のように飛《と》んで帰《かえ》ってきました。みんなもひどく愕《おど》ろきました。

「じゃ、じゃ、噛《か》じらえだが、痛《いだ》ぐしたが。」

「プルルルルル。」

「舌抜《したぬ》がれだが。」

「プルルルルル。」

「なにした、なにした。なにした。じゃ。」

「ふう、 ああ、 舌縮《したちぢ》まってしまったたよ。」

「なじょな味《あじ》だた。」

「味無《あじな》いがたな。」

「生《い》ぎもんだべが。」

「なじょだが判《わか》らない。 こんどあ汝《うな》あ行《い》ってみろ。」

「お。」

おしまいの一疋《いっぴき》がまたそろそろ出《で》て行《い》きました。みんながおもしろそうに、ことこと頭《あたま》を振《ふ》って見《み》ていますと、進《すす》んで行《い》った一疋《いっぴき》は、しばらく首《くび》をさげて手拭《てぬぐい》を嗅《か》いでいましたが、もう心配《しんぱい》もなにもないという風《ふう》で、いきなりそれをくわえて戻《もど》ってきました。そこで鹿《しか》はみなぴょんぴょん跳《と》びあがりました。

「おう、うまい、うまい、そいづさい取《と》ってしめば、あとは何《なん》っても怖《お》っかなぐない。」

「きっともて、こいづあ大《おお》きな蝸牛《なめくずら》の旱《ひ》からびだのだな。」

「さあ、いいが、おれ歌《うだ》うだうはんてみんな廻《ま》れ。」

その鹿《しか》はみんなのなかにはいってうたいだし、みんなはぐるぐるぐるぐる手拭《てぬぐい》をまわりはじめました。

「のはらのまん中《なか》の　めつけもの

すっこんすっこの　栃《とち》だんご

栃《とち》のだんごは
結構《けっこう》だが
となりにいからだ
ふんながす
青《あお》じろ番兵《ばんぺ》は
気《き》にかがる。
青《あお》じろ番兵《ばんぺ》は
ふんにゃふにゃ
吠《ほ》えるもさないば
泣《な》ぐもさない
瘠《や》せで長《なが》くて
ぶぢぶぢで

どごが口《くぢ》だが　あだまだが

ひでりあがりの　なめぐじら。」

走《はし》りながら廻《まわ》りながら踊《おど》りながら、鹿《しか》はたびたび風《かぜ》のように進《すす》んで、手拭《てぬぐい》を角《つの》でついたり足《あし》でふんだりしました。嘉十《かじゅう》の手拭《てぬぐい》はかあいそうに泥《どろ》がついてところどころ穴《あな》さえあきました。

そこで鹿《しか》のめぐりはだんだんゆるやかになりました。

「おう、こんだ団子《だんご》お食《く》ばがりだじょ。」

「おう、煮《に》だ団子《だんご》だじょ。」

「おう、まん円《まる》けじょ。」

「おう、はんぐはぐ。」

「おう、すっこんすっこ。」

「おう、けっこ。」

鹿《しか》はそれからみんなばらばらになって、四方《しほう》から栃《とち》のだんごを囲《かこ》んで集《あつ》まりました。

そしていちばんはじめに手拭《てぬぐい》に進《すす》んだ鹿《しか》から、一口《ひとくち》ずつ団子《だんご》をたべました。六疋《ろっぴき》めの鹿《しか》は、やっと豆粒《まめつぶ》のくらいをたべただけです。

鹿《しか》はそれからまた環《わ》になって、ぐるぐるぐるぐるめぐりあるきました。

嘉十《かじゅう》はもうあんまりよく鹿《しか》を見《み》ましたので、じぶんまでが鹿《しか》のような気《き》がして、いまにもとび出《だ》そうとしましたが、じぶんの大《おお》きな手《て》がすぐ眼《め》にはいりましたので、やっぱりだめだとおもいながらまた息《いき》をこらしました。

太陽《たいよう》はこのとき、ちょうどはんのきの梢《こずえ》の中《なか》ほどにかかって、少《すこ》し黄《き》いろにかがやいて居《お》りました。鹿《しか》のめぐりはまただんだんゆるやかになって、たがいにせわしくうなずき合《あ》い、やがて一列《いちれつ》に太陽《たいよう》に向《む》いて、それを拝《おが》むようにしてまっすぐに立《た》ったのでした。嘉十《かじゅう》はもうほんとうに夢《ゆめ》のようにそれに見《み》とれていたのです。

一《いち》ばん右《みぎ》はじにたった鹿《しか》が細《ほそ》い声《こえ》でうたいました。

「はんの木《ぎ》の

みどりみじんの葉《は》の向《もご》さ

じゃらんじゃららんの

お日《ひ》さん懸《か》がる。」

その水晶《すいしょう》の笛《ふえ》のような声《こえ》に、嘉十《かじゅう》は目《め》をつぶってふるえあがりました。右《みぎ》から二《に》ばん目《め》の鹿《しか》が、俄《にわ》かにとびあがって、それからからだを波《なみ》のようにうねらせながら、みんなの間《あいだ》を縫《ぬ》ってはせまわり、たびたび太陽《たいよう》の方《ほう》にあたまをさげました。それからじぶんのところに戻《もど》るやぴたりととまってうたいました。

「お日《ひ》さんを

せながさしょえば　はんの木《ぎ》も

くだげで光《ひか》る
鉄《てつ》のかんがみ。」

はあと嘉十《かじゅう》もこっちでその立派《りっぱ》な太陽《たいよう》とはんのきを拝《おが》みました。右《みぎ》から三《さん》ばん目《め》の鹿《しか》は首《くび》をせわしくあげたり下《さ》げたりしてうたいました。

「お日《ひ》さんは

はんの木《ぎ》の向《む》さ、降《お》りでても
すすぎ、ぎんがぎが
まぶしまんぶし。」
ほんとうにすすきはみんな、まっ白《しろ》な火《ひ》のように燃《も》えたのです。
「ぎんがぎがの

すすぎの中《なが》さ立《た》ちあがる
はんの木《ぎ》のすねの
長《な》んがい、かげぼうし。」

五番目《ごばんめ》の鹿《しか》がひくく首《くび》を垂《た》れて、もうつぶやくようにうたいだしていました。

「ぎんがぎがの

すすぎの底《そご》の日暮《ひぐ》れかだ
苔《こげ》の野《の》はらを
蟻《あり》こも行《い》がず。」

このとき鹿《しか》はみな首《くび》を垂《た》れていましたが、六番目《ろくばんめ》がにわかに首《くび》をりんとあげてうたいました。

「ぎんがぎがの

すすぎの底《そご》でそっこりと
咲《さ》ぐうめばぢの
愛《え》どしおえどし。」

鹿《しか》はそれからみんな、みじかく笛《ふえ》のように鳴《な》いてはねあがり、はげしくはげしくまわりました。

北《きた》から冷《つめ》たい風《かぜ》が来《き》て、ひゅうと鳴《な》り、はんの木《き》はほんとうに砕《くだ》けた鉄《てつ》の鏡《かがみ》のようにかがやき、かちんかちんと葉《は》と葉《は》がすれあって音《おと》をたてたようにさえおもわれ、すすきの穂《ほ》までが鹿《しか》にまじって一《いっ》しょにぐるぐるめぐっているように見《み》えました。

嘉十《かじゅう》はもうまったくじぶんと鹿《しか》とのちがいを忘《わす》れて、

「ホウ、やれ、やれい。」と叫《さけ》びながらすすきのかげから飛《と》び出《だ》しました。

鹿《しか》はおどろいて一度《いちど》に竿《さお》のように立《た》ちあがり、それからはやてに吹《ふ》かれた木《こ》の葉《は》のように、からだを斜《なな》めにして逃《に》げ出《だ》しました。銀《ぎん》のすすきの波《なみ》をわけ、かがやく夕陽《ゆうひ》の流《なが》れをみだしてはるかにはるかに遁《に》げて行《い》き、そのとおったあとのすすきは静《しず》かな湖《みずうみ》の水脈《みお》のようにいつまでもぎらぎら光《ひか》って居《お》りました。

そこで嘉十《かじゅう》はちょっとにが笑《わら》いをしながら、泥《どろ》のついて穴《あな》のあいた手拭《てぬぐい》をひろってじぶんもまた西《にし》の方《ほう》へ歩《ある》きはじめたのです。

それから、そうそう、苔《こけ》の野原《のはら》の夕陽《ゆうひ》の中《なか》で、わたくしはこのはなしをすきとおった秋《あき》の風《かぜ》から聞《き》いたのです。

ガドルフの百合《ゆり》

ハックニー馬《ば》のしっぽのような、巫戯《ふざ》けた楊《やなぎ》の並木《なみき》と陶製《とうせい》の白《しろ》い空《そら》との下《した》を、みじめな旅《たび》のガドルフは、力《ちから》いっぱい、朝《あさ》からつづけて歩《ある》いておりました。

それにただ十六哩《じゅうろくマイル》だという次《つぎ》の町《まち》が、まだ一向《いっこう》見《み》えても来《こ》なければ、けはいもしませんでした。

(楊《やなぎ》がまっ青《さお》に光《ひか》ったり、ブリキの葉《は》に変《かわ》ったり、どこまで人《ひと》をばかにするのだ。殊《こと》にその青《あお》いときは、まるで砒素《ひそ》をつかった下等《かとう》の顔料《えのぐ》のおもちゃじゃないか。)

ガドルフはこんなことを考《かんが》えながら、ぶりぶり憤《おこ》って歩《ある》きました。

それに俄《にわ》かに雲《くも》が重《おも》くなったのです。

（卑《いや》しいニッケルの粉《こな》だ。淫《みだ》らな光《ひかり》だ。）

その雲《くも》のどこからか、雷《かみなり》の一切《ひとき》れらしいものが、がたっと引《ひ》きちぎったような音《おと》をたてました。

（街道《かいどう》のはずれが変《へん》に白《しろ》くなる。あそこを人《ひと》がやって来《く》る。

いやいやって来《こ》ない。あすこを犬《いぬ》がよこぎった。いやよこぎらない。畜生《ちくしょう》。）

ガドルフは、力《ちから》いっぱい足《あし》を延《の》ばしながら思《おも》いました。

そして間《ま》もなく、雨《あめ》と黄昏《たそがれ》とがいっしょに襲《おそ》いかかったのです。

実《じつ》にはげしい雷雨《らいう》になりました。いなびかりは、まるでこんな憐《あわ》れな旅《たび》のものなどを漂白《ひょうはく》してしまいそう、並木《なみき》の青《あお》い葉《は》がむしゃくしゃにむしられて、雨《あめ》のつぶと一緒《いっしょ》に堅《かた》いみちを叩《たた》き、枝《えだ》までガリガリ引《ひ》き裂《さ》かれて降《ふ》りかかりました。

（もうすっかり法則《ほうそく》がこわれた。何《なに》もかもめちゃくちゃだ。これで、も一度《いちど》きちんと空《そら》がみがかれて、星座《せいざ》がめぐることなどはまあ夢《ゆめ》だ。夢でなけぁ霧《きり》だ。みずけむりさ。）

ガドルフはあらんかぎりすねを延《の》ばしてあるきながら、並木《なみき》のずうっと向《むこ》うの方《ほう》のぼんやり白《しろ》い水明《みずあか》りを見《み》ました。

（あすこはさっき曖昧《あいまい》な犬《いぬ》の居《い》たとこだ。あすこが少《すこ》うしおれのたよりになるだけだ。）

けれども間《ま》もなく全《まった》くの夜《よる》になりました。空《そら》のあっちでもこっちでも、雷《かなみり》が素敵《すてき》に大《おお》きな咆哮《ほうこう》をやり、電光《でんこう》のせわしいことはまるで夜《よる》の大空《おおぞら》の意識《いしき》の明滅《めいめつ》のようでした。

道《みち》はまるっきりコンクリート製《せい》の小川《おがわ》のようになってしまって、もう二十分《にじゅっぷん》と続《つづ》けて歩《ある》けそうにもありませんでした。

その稲光《いなびか》りのそらぞらしい明《あか》りの中《なか》で、ガドルフは巨《おお》きなまっ黒《くろ》な家《いえ》が、道《みち》の左側《ひだりがわ》に建《た》っているのを見《み》ました。

（この屋根《やね》は稜《かど》が五角《ごかく》で大《おお》きな黒電気石《くろでんきいし》の頭《あたま》のようだ。その黒《くろ》いことは寒天《かんてん》だ。その寒天《かんてん》の中《なか》へ俺《おれ》ははいる。）

ガドルフは大股《おおまた》に跳《は》ねて、その玄関《げんかん》にかけ込《こ》みました。

「今晩《こんばん》は。どなたかお出《い》でですか。今晩《こんばん》は。」

家《いえ》の中《なか》はまっ暗《くら》で、しんとして返事《へんじ》をするものもなく、そこらには厚《あつ》い敷物《しきもの》や着物《きもの》などが、くしゃくしゃ散《ち》らばっているようでした。

(みんなどこかへ遁《に》げたかな。噴火《ふんか》があるのか。噴火《ふんか》じゃない。ペストか。ペストじゃない。またおれはひとりで問答《もんどう》をやっている。あの曖昧《あいまい》な犬《いぬ》だ。とにかく廊下《ろうか》のはじででも、ぬれた着物《きもの》をぬぎたいもんだ。)

ガドルフは斯《こ》う頭《あたま》の中《なか》でつぶやきまた唇《くちびる》で考《かんが》えるようにしました。そのガドルフの頭《あたま》と来《き》たら、旧教会《きゅうきょうかい》の朝《あさ》の鐘《かね》のようにガンガン鳴《な》っておりました。

長靴《ながぐつ》を抱《だ》くようにして急《いそ》いで脱《と》って、少《すこ》しびっこを引《ひ》きながら、そのまっ暗《くら》なちらばった家《いえ》にはね上《あが》って行《い》きました。すぐ突《つ》きあたりの大《おお》きな室《へや》は、たしか階段室《かいだんべや》らしく、射《さ》し込《こ》む稲光《いなびかり》が見《み》せたのでした。

その室《へや》の闇《やみ》の中《なか》で、ガドルフは眼《め》をつぶりながら、まず重《おも》い外套《がいとう》を脱《ぬ》ぎました。そのぬれた外套《がいとう》の袖《そで》を引《ひ》っぱるとき、ガドルフは白《しろ》い貝殻《かいがら》でこしらえあげた、昼《ひる》の楊《やなぎ》の木《き》をありありと見《み》ました。ガドルフは眼《め》をあきました。

（うるさい。ブリキになったり貝殻《かいがら》になったり。しかしまたこんな桔梗《ききょう》いろの背景《はいけい》に、楊《やなぎ》の舎利《しゃり》がりんと立《た》つのは悪《わる》くない。）

それは眼《め》をあいてもしばらく消《き》えてしまいませんでした。

ガドルフはそれからぬれた頭《あたま》や、顔《かお》をさっぱりと拭《ぬぐ》って、はじめてほっと息《いき》をつきました。

電光《でんこう》がすばやく射《さ》し込《こ》んで、床《ゆか》におろされて蟹《かに》のかたちになっている自分《じぶん》の背嚢《はいのう》をくっきり照《て》らしまっ黒《くろ》な影《かげ》さえ落《お》として行《い》きました。

ガドルフはしゃがんでくらやみの背嚢《はいのう》をつかみ、手探《てさぐ》りで開《ひら》いて、小《ちい》さな器械《きかい》の類《たぐい》にさわってみました。

それから少《すこ》ししずかな心持《こころも》ちになって、足音《あしおと》をたてないように、そっと次《つぎ》の室《へや》にはいってみました。交《かわ》る交《がわ》るさまざまの色《いろ》の電光《でんこう》が射《さ》し込《こ》んで、床《ゆか》に置《お》かれた石膏像《せっこうぞう》や黒《くろ》い寝台《しんだい》や引《ひ》っくり返《かえ》った卓子《テーブル》やらを照《て》らしました。

（ここは何《なに》かの寄宿舎《きしゅくしゃ》か。そうでなければ避病院《ひびょういん》か。とにかく二階《にかい》にどうもまだ誰《だれ》か残《のこ》っているようだ。一《いっ》ぺん見《み》て来《こ》ないと安心《あんしん》ができない。）

ガドルフはしきいをまたいで、もとの階段室《かいだんべや》に帰《かえ》り、それから一《いっ》ぺん自分《じぶん》の背嚢《はいのう》につまずいてから、二階《にかい》に行《い》こうと段《だん》に一《ひと》つ足《あし》をかけた時《とき》、紫《むらさき》いろの電光《でんこう》が、ぐるぐるするほど明《あか》るくさし込《こ》んで来《き》ましたので、ガドルフはぎくっと立《た》ちどまり、階段《かいだん》に落《お》ちたまっ黒《くろ》な自分《じぶん》の影《かげ》とそれから窓《まど》の方《ほう》を一緒《いっしょ》に見《み》ました。

その稲光《いなびか》りの硝子窓《ガラスまど》から、たしかに何《なに》か白《しろ》いものが五《いつ》つか六《むっ》つ、だまってこっちをのぞいていました。

（丈《たけ》がよほど低《ひく》かったようだ。どこかの子供《こども》が俺《おれ》のように、俄《にわ》かの雷雨《らいう》で遁《に》げ込《こ》んだのかも知《し》れない。それともやっぱりこの家《いえ》の人《ひと》たちが帰《かえ》って来《き》たのだろうか。どうだかさっぱりわからないのが本統《ほんとう》だ。とにかく窓《まど》を開《ひら》いて挨拶《あいさつ》しよう。）

ガドルフはそっちへ進《すす》んで行《い》ってガタピシの壊《こわ》れかかった窓《まど》を開《ひら》きました。たちまち冷《つめ》たい雨《あめ》と風《かぜ》とが、ぱっとガドルフの顔《かお》をうちました。その風《かぜ》に半分声《はんぶんこえ》をとられながら、ガドルフは叮寧《ていねい》に云《い》いました。

「どなたですか。今晩《こんばん》は。どなたですか。今晩《こんばん》は。」

向《むこ》うのぼんやり白《しろ》いものは、かすかにうごいて返事《へんじ》もしませんでした。却《かえ》って注文通《ちゅうもんどお》りの電光《でんこう》が、そこら一面《いちめん》ひる間《ま》のようにしてくれたのです。

「ははは、百合《ゆり》の花《はな》だ。なるほど。ご返事《へんじ》のないのも尤《もっと》もだ。」

ガドルフの笑《わら》い声《ごえ》は、風《かぜ》といっしょに陰気《いんき》に階段《かいだん》をころげて昇《のぼ》って行《い》きました。

けれども窓《まど》の外《そと》では、いっぱいに咲《さ》いた白百合《しらゆり》が、十本《じゅっぽん》ばかり息《いき》もつけない嵐《あらし》の中《なか》に、その稲妻《いなずま》の八分一秒《はちぶんのいちびょう》を、まるでかがやいてじっと立《た》っていたのです。

それからたちまち闇《やみ》が戻《もど》されて眩《まぶ》しい花《はな》の姿《すがた》は消《き》えましたので、ガドルフはせっかく一枚《いちまい》ぬれずに残《のこ》ったフランのシャツも、つめたい雨《あめ》にあらわせながら、窓《まど》からそとにからだを出《だ》して、ほのかに揺《ゆ》らぐ花《はな》の影《かげ》を、じっとみつめて次《つぎ》の電光《でんこう》を待《ま》っていました。

間《ま》もなく次《つぎ》の電光《でんこう》は、明《あか》るくサッサッと閃《ひら》めいて、庭《にわ》は幻燈《げんとう》のように青《あお》く浮《う》かび、雨《あめ》の粒《つぶ》は美《うつく》しい楕円形《だえんけい》の粒《つぶ》になって宙《ちゅう》に停《とど》まり、そしてガドルフのいとしい花《はな》は、まっ白《しろ》にかっと瞋《いか》って立《た》ちました。

（おれの恋《こい》は、いまあの百合《ゆり》の花《はな》なのだ。いまあの百合《ゆり》の花《はな》なのだ。砕《くだ》けるなよ。）

それもほんの一瞬《いっしゅん》のこと、すぐに闇《やみ》は青《あお》びかりを押《お》し戻《もど》し、花《はな》の像《ぞう》はぼんやりと白《しろ》く大《おお》きくなり、みだれてゆらいで、時々《ときどき》は地面《じめん》までも屈《かが》んでいました。

そしてガドルフは自分《じぶん》の熱《ほて》って痛《いた》む頭《あたま》の奥《おく》の、青黝《あおぐろ》い斜面《しゃめん》の上《うえ》に、すこしも動《うご》かずかがやいて立《た》つ、もう一《ひと》むれの貝細工《かいざいく》の百合《ゆり》を、もっとはっきり見《み》ておりました。たしかにガドルフはこの二《ふた》むれの百合《ゆり》を、一緒《いっしょ》に息《いき》をこらして見《み》つめていました。

それもまた、ただしばらくのひまでした。

たちまち次《つぎ》の電光《でんこう》は、マグネシアの焔《ほのお》よりももっと明《あか》るく、菫外線《きんがいせん》の誘惑《ゆうわく》を、力《ちから》いっぱい含《ふく》みながら、まっすぐに地面《じめん》に落《お》ちて来《き》ました。

美《うつく》しい百合《ゆり》の憤《いきどお》りは頂点《ちょうてん》に達《たっ》し、灼熱《しゃくねつ》の花弁《かべん》は雪《ゆき》よりも厳《いか》めしく、ガドルフはその凛《りん》と張《は》る音《おと》さえ聴《き》いたと思《おも》いました。

暗《やみ》が来《き》たと思《おも》う間《ま》もなく、また稲妻《いなづま》が向《むか》うのぎざぎざの雲《くも》から、北斎《ほくさい》の山下白雨《さんかはくう》のように赤《あか》く這《は》って来《き》て、触《ふ》れない光《ひかり》の手《て》をもって、百合《ゆり》を擦《かす》めて過《す》ぎました。

雨《あめ》はますます烈《はげ》しくなり、かみなりはまるで空《そら》の爆破《ばくは》を企《くわだ》て出《だ》したよう、空《そら》がよくこんな暴《あば》れものを、じっと構《かま》わないでおくものだと、不思議《ふしぎ》なようにさえガドルフは思《おも》いました。

その次《つぎ》の電光《でんこう》は、実《じつ》に微《かす》かにあるかないかに閃《ひら》めきました。けれどもガドルフは、その風《かぜ》の微光《びこう》の中《なか》で、一本《いっぽん》の百合《ゆり》が、多分《たぶん》とうとう華奢《きゃしゃ》なその幹《みき》を折《お》られて、花《はな》が鋭《するど》く地面《じめん》に曲《まが》ってとどいてしまったことを察《さっ》しました。

そして全《まった》くその通《とお》り稲光《いなびか》りがまた新《あたら》しく落《お》ちて来《き》たときその気《き》の毒《どく》ないちばん丈《たけ》の高《たか》い花《はな》が、あまりの白《しろ》い興奮《こうふん》に、とうとう自分《じぶん》を傷《きず》つけて、きらきら顫《ふる》うしのぶぐさの上《うえ》に、だまって横《よこた》わるのを見《み》たのです。

ガドルフはまなこを庭《にわ》から室《へや》の闇《やみ》にそむけ、丁寧《ていねい》にがたがたの窓《まど》をしめて、背嚢《はいのう》のところに戻《もど》って来《き》ました。

そして背嚢《はいのう》から小《ちい》さな敷布《しきふ》をとり出《だ》してからだにまとい、寒《さむ》さにぶるぶるしながら階段《かいだん》にこしかげ、手《て》を膝《ひざ》に組《く》み眼《め》をつむりました。

それからたまらずまたたちあがって、手《て》さぐりで床《ゆか》をさがし、一枚《いちまい》の敷物《しきもの》を見《み》つけて敷布《しきふ》の上《うえ》にそれを着《き》ました。

そして睡《ねむ》ろうと思《おも》ったのです。けれども電光《でんこう》があんまりせわしくガドルフのまぶたをかすめて過《す》ぎ、飢《う》えとつかれとが一《いっ》しょにがたがた湧《わ》きあがり、さっきからの熱《ほて》った頭《あたま》はまるで舞踏《ぶとう》のようでした。

(おれはいま何《なに》をとりたてて考《かんが》える力《ちから》もない。ただあの百合《ゆり》は折《お》れたのだ。おれの恋《こい》は砕《くだ》けたのだ。）ガドルフは思《おも》いました。

それから遠《とお》い幾山河《いくやまかわ》の人《ひと》たちを、燈籠《とうろう》のように思《おも》い浮《うか》べたり、また雷《かみなり》の声《こえ》をいつかそのなつかしい人《ひと》たちの語《ことば》に聞《き》いたり、また昼《ひる》の楊《やなぎ》がだんだん延《の》びて白《しろ》い空《そら》までとどいたり、いろいろなことをしているうちに、いつかとろとろ睡《ねむ》ろうとしました。そしてまた睡《ねむ》っていたのでしょう。

ガドルフは、俄《にわ》かにどんどんどんという音《おと》をききました。ばたんばたんという足踏《あしぶ》みの音《おと》、怒号《どごう》や潮罵《ちょうば》が烈《はげ》しく起《おこ》りました。

そんな語《ことば》はとても判《わか》りもしませんでした。ただその音《おと》は、たちまち格闘《かくとう》らしくなり、やがてずんずんガドルフの頭《あたま》の上《うえ》にやって来《き》て、二人《ふたり》の大《おお》きな男《おとこ》が、組《く》み合《あ》ったりほぐれたり、けり合《あ》ったり撲《なぐ》り合《あ》ったり、烈《はげ》しく烈《はげ》しく叫《さけ》んで現《あら》われました。

それは丁度奇麗《ちょうどきれい》に光《ひか》る青《あお》い坂《さか》の上《うえ》のように見《み》えました。一人《ひとり》は闇《やみ》の中《なか》に、ありありうかぶ豹《ひょう》の毛皮《けがわ》のだぶだぶの着物《きもの》をつけ、一人《ひとり》は烏《からす》の王《おう》のように、まっ黒《くろ》くなめらかによそおっていました。そしてガドルフはその青《あお》く光《ひか》る坂《さか》の下《した》に、小《ちい》さくなってそれを見上《みあ》げてる自分《じぶん》のかたちも見《み》たのです。

見《み》る間《ま》に黒《くろ》い方《ほう》は咽喉《のど》をしめつけられて倒《たお》されました。けれどもすぐに跳《は》ね返《かえ》して立《た》ちあがり、今度《こんど》はしたたかに豹《ひょう》の男《おとこ》のあごをけあげました。

二人《ふたり》はも一度《いちど》組《く》みついて、やがてぐるぐる廻《まわ》って上《うえ》になったり下《した》になったり、どっちがどっちかわからず暴《あば》れてわめいて戦《たたか》ううちに、とうとうすてきに大《おお》きな音《おと》を立《た》てて、引《ひ》っ組《く》んだまま坂《さか》をころげて落《お》ちて来《き》ました。

ガドルフは急《いそ》いでとび退《の》きました。それでもひどくつきあたられて倒《たお》れました。

そしてガドルフは眼《め》を開《ひら》いたのです。がたがた寒《さむ》さにふるえながら立《た》ちあがりました。

雷《かみなり》はちょうどいま落《お》ちたらしく、ずうっと遠《とお》くで少《すこ》しの音《おと》が思《おも》い出《だ》したように鳴《な》っているだけ、雨《あめ》もやみ電光《でんこう》ばかりが空《そら》を亘《わた》って、雲《くも》の濃淡《のうたん》、空《そら》の地形図《ちけいず》をはっきりと示《しめ》し、また只一本《ただいっぽん》を除《のぞ》いて、嵐《あらし》に勝《か》ちほこった百合《ゆり》の群《むれ》を、まっ白《しろ》に照《て》らしました。

ガドルフは手《て》を強《つよ》く延《の》ばしたり、またちぢめたりしながら、いそがしく足《あし》ぶみをしました。

窓《まど》の外《そと》の一本《いっぽん》の木《き》から、一《ひと》つの雫《しずく》が見《み》えていました。それは不思議《ふしぎ》にかすかな薔薇《ばら》いろをうつしていたのです。

(これは暁方《あけがた》の薔薇色《ばらいろ》ではない。南《みなみ》の蝎《さそり》の赤《あか》い光《ひかり》がうつったのだ。その証拠《しょうこ》にはまだ夜中《よなか》にもならないのだ。雨《あめ》さえ晴《は》れたら出《で》て行《い》こう。街道《かいどう》の星《ほし》あかりの中《なか》だ。次《つぎ》の町《まち》だってきだろう。けれどもぬれた着物《きもの》をまた引《ひ》っかけて歩《ある》き出《だ》すのはずいぶんいやだ。いやだけれども仕方《しかた》ない。おれの百合《ゆり》は勝《か》ったのだ。）

ガドルフはしばらくの間《あいだ》、しんとして斯《こ》う考《かんが》えました。

かしわばやしの夜《よる》

清作《せいさく》は、さあ日暮《ひぐ》れだぞ、日暮《ひぐ》れだぞと云《い》いながら、稗《ひえ》の根《ね》もとにせっせと土《つち》をかけていました。

そのときはもう、銅《あかがね》づくりのお日《ひ》さまが、南《みなみ》の山裾《やますそ》の群青《ぐんじょう》いろをしたとこに落《お》ちて、野《の》はらはへんにさびしくなり、白樺《しらかば》の幹《みき》などもなにか粉《こな》を噴《ふ》いているようでした。

いきなり、向《むこ》うの柏《かしわ》ばやしの方《ほう》から、まるで調子《ちょうし》はずれの途方《とほう》もない変《へん》な声《こえ》で、

「鬱金《うこん》しゃっぽのカンカラカンのカアン。」とどなるのがき

こえました。

清作《せいさく》はびっくりして顔《かお》いろを変《か》え、鍬《くわ》をなげすてて、足音《あしおと》をたてないように、そっとそっちへ走《はし》って行《い》きました。

ちょうどかしわばやしの前《まえ》まで来《き》たとき、清作《せいさく》はふいに、うしろからえり首《くび》をつかまれました。

びっくりして振《ふ》りむいてみますと、赤《あか》いトルコ帽《ぼう》をかぶり、鼠《ねずみ》いろのへんなだぶだぶの着《き》ものを着《き》て、靴《くつ》をはいた無暗《むやみ》にせいの高《たか》い眼《め》のするどい画《え》かきが、ぷんぷん怒《おこ》って立《た》っていました。

「何《なん》というざまをしてあるくんだ。まるで這《は》うようなあんばいだ。鼠《ねずみ》のようだ。どうだ、弁解《べんかい》のことばがあるか。」

清作《せいさく》はもちろん弁解《べんかい》のことばなどはありませんでした、面倒臭《めんどうくさ》くなったら喧嘩《けんか》してやろうとおもって、いきなり空《そら》を向《む》いて咽喉《のど》いっぱい、

「赤《あか》いしゃっぽのカンカラカンのカアン。」とどなりました。

するとそのせ高《たか》の画《え》かきは、にわかに清作《せいさく》の首《くび》すじを放《はな》し

て、まるで咆《ほ》えるような声《こえ》で笑《わら》いだしました。その音《おと》は林《はやし》にこんこんひびいたのです。

「うまい、じつにうまい。どうです、すこし林《はやし》のなかをあるこうじゃありませんか。そうそう、どちらもまだ挨拶《あいさつ》を忘《わす》れていた。ぼくからさきにやろう。いいか、いや今晩《こんばん》は、野《の》はらには小《ちい》さく切《き》った影法師《かげぼうし》がばら播《ま》きですね、と。ぼくのあいさつはこうだ。わかるかい。こんどは君《きみ》だよ。えへん、えへん。」と云《い》いながら画《え》かきはまた急《きゅう》に意地悪《いじわる》い顔《かお》つきになって、斜《なな》めに上《うえ》の方《ほう》から軽《けい》べつしたように清作《せいさく》を見《み》おろしました。

清作《せいさく》はすっかりどぎまぎしましたが、ちょうど夕《ゆう》がたでおなかが空《す》いて、雲《くも》が団子《だんご》のように見《み》えていましたからあわてて、

「えっ、今晩《こんばん》は。よいお晩《ばん》でございます。えっ。お空《そら》はこれから銀《ぎん》のきな粉《こ》でまぶされます。ごめんなさい。」

と言《い》いました。

ところが画《え》かきはもうすっかりよろこんで、手《て》をぱちぱ

ち叩《たた》いて、それからはねあがって言《い》いました。

「おい君《きみ》、行《い》こう。林《はやし》へ行《い》こう。おれは柏《かしわ》の木大王《きだいおう》のお客《きゃく》さまになって来《き》ているんだ。おもしろいものを見《み》せてやるぞ。」

画《え》かきはにわかにまじめになって、赤《あか》だの白《しろ》だののぐちゃぐちゃついた汚《きた》ない絵《え》の具箱《ぐばこ》をかついで、さっさと林《はやし》の中《なか》にはいりました。そこで清作《せいさく》も、鍬《くわ》をもたないで手《て》がひまなので、ぶらぶら振《ふ》ってついて行《い》きました。

林《はやし》のなかは浅黄《あさぎ》いろで、肉桂《にっけい》のようなにおいがいっぱいでした。ところが入口《いりぐち》から三本目《さんぼんめ》の若《わか》い柏《かしわ》の木《き》は、ちょうど片脚《かたあし》をあげておどりのまねをはじめるところでしたが二人《ふたり》の来《き》たのを見《み》てまるでびっくりして、それからひどくはずかしがって、あげた片脚《かたあし》の膝《ひざ》を、間《ま》がわるそうにべろべろ嘗《な》めながら、横目《よこめ》でじっと二人《ふたり》の通《とお》りすぎるのをみていました。殊《こと》に清作《せいさく》が通《とお》り過《す》ぎるときは、ちょっとあざ笑《わら》いました。清作《せいさく》はどうも仕方《しかた》ないというような気《き》がしてだまって画《え》かきについて行《い》きました。

ところがどうも、どの木《き》も画《え》かきには機嫌《きげん》のいい顔《かお》をしますが、清作《せいさく》にはいやな顔《かお》を見《み》せるのでした。

一本《いっぽん》のごつごつした柏《かしわ》の木《き》が、清作《せいさく》の通《とお》るとき、うすくらがりに、いきなり自分《じぶん》の脚《あし》をつき出《だ》して、つまずかせようとしましたが清作《せいさく》は、

「よっとしょ。」と云《い》いながらそれをはね越《こ》えました。

画《え》かきは、

「どうかしたかい。」といってちょっとふり向《む》きましたが、

またすぐ向《む》うを向《む》いてどんどんあるいて行《い》きました。

ちょうどそのとき風《かぜ》が来《き》ましたので、林中《はやしじゅう》の柏《かしわ》の木《き》はいっしょに、

「せらせらせら清作《せいさく》、せらせらせらばあ。」とうす気味《きみ》のわるい声《こえ》を出《だ》して清作《せいさく》をおどそうとしました。

ところが清作《せいさく》は却《かえ》ってじぶんで口《くち》をすてきに大《おお》きくして横《よこ》の方《ほう》へまげて

「へらへら清作《せいさく》、へらへらへら、ばばあ。」とどなりつけましたので、柏《かしわ》の木《き》はみんな度《ど》ぎもをぬかれてしいんとなってしまいました。画《え》かきはあっはは、あっはははとびっこのような笑《わら》いかたをしました。

そして二人《ふたり》はずうっと木《き》の間《あいだ》を通《とお》って、柏《かしわ》の木《き》大王《だいおう》のところに来《き》ました。

大王《だいおう》は大小《だいしょう》とりまぜて十九本《じゅうくほん》の手《て》と、一本《いっぽん》の太《ふと》い脚《あし》とをもって居《お》りました。まわりにはしっかりしたけらいの柏《かしわ》どもが、まじめにたくさんがんばっています。

画《え》かきは絵《え》の具《ぐ》ばこをカタンとおろしました。すると大王《だいおう》はまがった腰《こし》をのばして、低《ひく》い声《こえ》で画《え》かきに云《い》いました。

「もうお帰《かえ》りかの。待《ま》ってましたじゃ。そちらは新《あたら》しい客人《きゃくじん》じゃな。が、その人《ひと》はよしなされ。前科者《ぜんかもの》じゃぞ。前科九十八犯《ぜんかくじゅうはっぱん》じゃぞ。」

清作《せいさく》が怒《おこ》ってどなりました。

「うそをつけ、前科者《ぜんかもの》だと。おら正直《しょうじき》だぞ。」

大王《だいおう》もごつごつの胸《むね》を張《は》って怒《おこ》りました。

「なにを。証拠《しょうこ》はちゃんとあるじゃ。また帳面《ちょうめん》にも載《の》っとるじゃ。貴《き》さまの悪《わる》い斧《おの》のあとのついた九十八《くじゅうはち》の足《あし》さきがいまでもこの林《はやし》の中《なか》にちゃんと残《のこ》っているじゃ。」

「あっはっは。おかしなはなしだ。九十八《くじゅうはち》の足《あし》さきというのは、九十八《くじゅうはち》の切株《きりかぶ》だろう。それがどうしたというんだ。おれはちゃんと、山主《やまぬし》の藤助《とうすけ》に酒《さけ》を二升《にしょう》買《か》ってあるんだ。」

「そんならおれにはなぜ酒《さけ》を買《か》わんか。」

「買《か》ういわれがない」

「いや、ある、沢山《たくさん》ある。買《か》え」

「買《か》ういわれがない」

画《え》かきは顔《かお》をしかめて、しょんぼり立《た》ってこの喧嘩《けんか》をきいていましたがこのとき、俄《にわ》かに林《はやし》の木《き》の間《あいだ》から、東《ひがし》の方《ほう》を指《ゆび》さして叫《さけ》びました。

「おいおい、喧嘩《けんか》はよせ。まん円《まる》い大将《たいしょう》に笑《わら》われるぞ。」

見《み》ると東《ひがし》のとっぷりとした青《あお》い山脈《さんみゃく》の上《うえ》に、大《おお》きなやさしい桃《もも》いろの月《つき》がのぼったのでした。お月《つき》さまのちかくはうすい緑《みどり》いろになって、柏《かしわ》の若《わか》い木《き》はみな、まるで飛《と》びあがるように両手《りょうて》をそっちへ出《だ》して叫《さけ》びました。

「おつきさん、おつきさん、おっつきさん、

ついお見外《みそ》れして　すみません

あんまりおなりが　ちがうので
ついお見外《みそ》れして　すみません。」
柏《かしわ》の木大王《きだいおう》も白《しろ》いひげをひねって、しばらくうむうむと
云《い》いながら、じっとお月《つき》さまを眺《なが》めてから、しずかに歌《うた》い
だしました。

「こよいあなたは　ときいろの

むかしのきもの　つけなさる
かしわばやしの　このよいは
なつのおどりの　だいさんや

やがてあなたは　みずいろの
きょうのきものを　つけなさる

かしわばやしの　よろこびは
あなたのそらに　かかるまま。」

画《え》かきがよろこんで手《て》を叩《たた》きました。

「うまいうまい。よしよし。夏《なつ》のおどりの第三夜《だいさんや》。みんな順々《じゅんじゅん》にここに出《で》て歌《うた》うんだ。じぶんの文句《もんく》でじぶんのふしで歌《うた》うんだ。一等賞《いっとうしょう》から九等賞《くとうしょう》まではぼくが大《おお》きなメタルを書《か》いて、明日枝《あしたえだ》にぶらさげてやる。」

清作《せいさく》もすっかり浮《う》かれて云《い》いました。

「さあ来《こ》い。へたな方《ほう》の一等《いっとう》から九等《くとう》までは、あしたおれがスポンと切《き》って、こわいとこへ連《つ》れてってやるぞ。」

すると柏《かしわ》の木大王《きだいおう》が怒《おこ》りました。

「何《なに》を云《い》うか。無礼者《ぶれいもの》。」

「何《なに》が無礼《ぶれい》だ。もう九本《くほん》切《き》るだけは、とうに山主《やまぬし》の藤助《とうすけ》に酒《さけ》を買《か》ってあるんだ。」

「そんならおれにはなぜ買《か》わんか。」

「買《か》ういわれがない。」

「いやある、沢山《たくさん》ある。」

「ない。」

画《え》かきが顔《かお》をしかめて手《て》をせわしく振《ふ》って云《い》いました。

「またはじまった。まあぼくがいいようにするから歌《うた》をはじめよう。だんだん星《ほし》も出《で》てきた。いいか、ぼくがうたうよ。賞品《しょうひん》のうただよ。

一《いっ》とうしょうは　白金《はくきん》メタル

二《に》とうしょうは　きんいろメタル

三《さん》とうしょうは　すいぎんメタル

四《し》とうしょうは　ニッケルメタル
五《ご》とうしょうは　とたんのメタル
六《ろく》とうしょうは　にせがねメタル
七《しち》とうしょうは　なまりのメタル
八《はっ》とうしょうは　ぶりきのメタル
九《く》とうしょうは　マッチのメタル

十《じゅっ》とうしょうから百《ひゃく》とうしょうまで
あるやらないやらわからぬメタル。」

柏《かしわ》の木大王《きだいおう》が機嫌《きげん》を直《なお》してわははわははははと笑《わら》いました。

柏《かしわ》の木《き》どもは大王《だいおう》を正面《しょうめん》に大《おお》きな環《わ》をつくりました。

お月《つき》さまは、いまちょうど、水《みず》いろの着《き》ものと取《と》りかえたところでしたから、そこらは浅《あさ》い水《みず》の底《そこ》のよう、木《き》のかげはうすく網《あみ》になって地《ち》に落《お》ちました。

画《え》かきは、赤《あか》いしゃっぽもゆらゆら燃《も》えて見《み》え、まっすぐに立《た》って手帳《てちょう》をもち鉛筆《えんぴつ》をなめました。

「さあ、早《はや》くはじめるんだ。早《はや》いのは点《てん》がいいよ。」

そこで小《ちい》さな柏《かしわ》の木《き》が、一本《いっぽん》ひょいっと環《わ》のなかから飛《と》びだして大王《だいおう》に礼《れい》をしました。

月《つき》のあかりがぱっと青《あお》くなりました。

「おまえのうたは題《だい》はなんだ。」画《え》かきは尤《もっと》もらしく顔《かお》をしかめて云《い》いました。

「馬《うま》と兎《うさ》です。」

「よし、はじめ、」画《え》かきは手帳《てちょう》に書《か》いて云《い》いました。

「兎《うさぎ》のみみはなが……。」

「ちょっと待《ま》った。」画《え》かきはとめました。「鉛筆《えんぴつ》が折《お》れたんだ。ちょっと削《けず》るうち待《ま》ってくれ。」

そして画《え》かきはじぶんの右足《みぎあし》の靴《くつ》をぬいでその中《なか》に鉛筆《えんぴつ》を削《けず》りはじめました。柏《かしわ》の木《き》は、遠《とお》くからみな感心《かんしん》して、ひそひそ談《はな》し合《あ》いながら見《み》て居《お》りました。そこで大王《だいおう》もとうとう言《い》いました。

「いや、客人《きゃくじん》、ありがとう。林《はやし》をきたなくせまいとの、そのおこころざしはじつに辱《かたじ》けない。」

ところが画《え》かきは平気《へいき》で

「いいえ、あとでこのけずり屑《くず》で酢《す》をつくりますからな。」と返事《へんじ》したものですからさすがの大王《だいおう》も、すこし工合《ぐあい》が悪《わる》そうに横《よこ》を向《む》き、柏《かしわ》の木《き》もみな興《きょう》をさまし、月《つき》のあかりもなんだか白《しろ》っぽくなりました。

ところが画《え》かきは、削《けず》るのがすんで立《た》ちあがり、愉快《ゆかい》そうに、

「さあ、はじめて呉《く》れ。」と云《い》いました。

柏《かしわ》はざわめき、月光《げっこう》も青《あお》くすきとおり、大王《だいおう》も機嫌《きげん》を直《なお》してふんふんと云《い》いました。

若《わか》い木《き》は胸《むね》をはってあたらしく歌《うた》いました。

「うさぎのみみはながいけど
うまのみみよりながくない。」

「わあ、うまいうまい。ああはは、ああはは。」みんなはわらったりはやしたりしました。

「一《いっ》とうしょう、白金《はくきん》メタル。」と画《え》かきが手帳《てちょう》につけながら高《たか》く叫《さけ》びました。

「ぼくのは狐《きつね》のうたです。」

また一本《いっぽん》の若《わか》い柏《かしわ》の木《き》がでてきました。月光《げっこう》はすこし緑《みどり》いろになりました。

「よろしいはじめっ。」

「きつね、こんこん、きつねのこ、
月《つき》よにしっぽが燃《も》えだした。」

「わあ、うまいうまい。わっはは、わっはは。」

「第二《だいに》とうしょう、きんいろメタル。」

「こんどはぼくやります。ぼくのは猫《ねこ》のうたです。」

「よろしいはじめっ。」

「やまねこ、にゃあご、ごろごろ

さとねこ、たっこ、ごろごろ。」

「わあ、うまいうまい。わっはは、わっはは。」

「第三《だいさん》とうしょう、水銀《すいぎん》メタル。おい、みんな、大《おお》きいやつも出《で》るんだよ。どうしてそんなにぐずぐずしてるんだ。」

画《え》かきが少《すこ》し意地《いじ》わるい顔《かお》つきをしました。

「わたしのはくるみの木《き》のうたです。」

すこし大《おお》きな柏《かしわ》の木《き》がはずかしそうに出《で》てきました。

「よろしい、みんなしずかにするんだ。」

柏《かしわ》の木《き》はうたいました。

「くるみはみどりのきんいろ、な、

風《かぜ》にふかれて　すいすいすい、
くるみはみどりの天狗《てんぐ》のおうぎ、
風《かぜ》にふかれて　ばらんばらんばらん、
くるみはみどりのきんいろ、な、
風《かぜ》にふかれて　さんさんさん。」
「いいテノールだねえ。うまいねえ、わあわあ。」

「第四《だいし》とうしょう、ニッケルメタル。」

「ぼくのはさるのこしかけです。」

「よし、はじめ。」

柏《かしわ》の木《き》は手《て》を腰《こし》にあてました。

「こざる、こざる、

おまえのこしかけぬれてるぞ、
霧《きり》、ぽっしゃん　ぽっしゃん　ぽっしゃん、
おまえのこしかけくされるぞ。」
「いいテノールだねえ、いいテノールだねえ、うまいねえ、
うまいねえ、わあわあ。」
「第五《だいご》とうしょう、とたんのメタル。」

「わたしのはしゃっぽのうたです。」それはあの入口《いりぐち》から三《さん》ばん目《め》の木《き》でした。

「よろしい。はじめ。」

「うこんしゃっぽのカンカラカンのカアン

あかいしゃっぽのカンカラカンのカアン。」

「うまいうまい。すてきだ。わあわあ。」

「第六《だいろく》とうしょう、にせがねメタル。」

このときまで、しかたなくおとなしく聞《き》いていた清作《せいさく》が、いきなり叫《さけ》びだしました。

「なんだ、この歌《うた》にせものだぞ。さっきひとのうたったのまねしたんだぞ。」

「だまれ、無礼《ぶれい》もの、その方《ほう》などの口《くち》を出《だ》すところでない。」

柏《かしわ》の木大王《きだいおう》がぶりぶりしてどなりました。

「なんだと、にせものだからにせものと云《い》ったんだ。生意気《なまいき》いうと、あした斧《おの》をもってきて、片《かた》っぱしから伐《き》ってしまうぞ。」

「なにを、こしゃくな。その方《ほう》などの分際《ぶんざい》でない。」

「ばかを云《い》え、おれはあした、山主《やまぬし》の藤助《とうすけ》にちゃんと二升《にしょう》酒《さけ》を買《か》ってくるんだ」

「そんならなぜおれには買《か》わんか。」

「買《か》ういわれがない。」

「買《か》え。」

「いわれがない。」

「よせ、よせ、にせものだからにせがねのメタルをやるんだ。あんまりそう喧嘩《けんか》するなよ。さあ、そのつぎはどうだ。出《で》るんだ出《で》るんだ。」

お月《つき》さまの光《ひかり》が青《あお》くすきとおってそこらは湖《みずうみ》の底《そこ》のよう

になりました。

「わたしのは清作《せいさく》のうたです。」

またひとりの若《わか》い頑丈《がんじょう》そうな柏《かしわ》の木《き》が出《で》ました。

「何《なん》だと、」清作《せいさく》が前《まえ》へ出《で》てなぐりつけようとしましたら画《え》かきがとめました。

「まあ、待《ま》ちたまえ。君《きみ》のうただって悪口《わるぐち》ともかぎらない。よろしい。はじめ。」

柏《かしわ》の木《き》は足《あし》をぐらぐらしながらうたいました。

「清作《せいさく》は、一等卒《いっとうそつ》の服《ふく》を着《き》て
野原《のはら》に行《い》って、ぶどうをたくさんとってきた。
と斯《こ》うだ。だれかあとをつづけてくれ。」

「ホウ、ホウ。」柏《かしわ》の木《き》はみんなあらしのように、清作《せいさく》をひやかして叫《さけ》びました。

「第七《だいしち》とうしょう、なまりのメタル。」

「わたしがあとをつけます。」さっきの木《き》のとなりからすぐまた一本《いっぽん》の柏《かしわ》の木《き》がとびだしました。

「よろしい、はじめ。」

かしわの木《き》はちらっと清作《せいさく》の方《ほう》を見《み》て、ちょっとばかにするようにわらいましたが、すぐまじめになってうたいました。

「清作《せいさく》は、葡萄《ぶどう》をみんなしぼりあげ
砂糖《さとう》を入《い》れて
瓶《びん》にたくさんつめこんだ。
おい、だれかあとをつづけてくれ。」
「ホッホウ、ホッホウ、ホッホウ、」柏《かしわ》の木《き》どもは風《かぜ》のよう
な変《へん》な声《こえ》をだして清作《せいさく》をひやかしました。

清作《せいさく》はもうとびだしてみんなかたっぱしからぶんなぐってやりたくてむずむずしましたが、画《え》かきがちゃんと前《まえ》へ立《た》ちふさがっていますので、どうしても出《で》られませんでした。

「第八等《だいはっとう》、ぶりきのメタル。」

「わたしがつぎをやります。」さっきのとなりから、また一本《いっぽん》の柏《かしわ》の木《き》がとびだしました。

「よし、はじめっ。」
「清作《せいさく》が　納屋《なや》にしまった葡萄酒《ぶどうしゅ》は
順序《じゅんじょ》ただしく
みんなはじけてなくなった。」
「わっはっはっは、わっはっは、ホッホウ、ホッホウ、
ホッホウ。ががやがややがや……。」

「やかましい。ききまら、なんだってひとの酒《さけ》のことなどおぼえてやがるんだ。」清作《せいさく》が飛《と》び出《だ》そうとしましたら、画《え》かきにしっかりつかまりました。

「第九《だいく》とうしょう。マッチのメタル。さあ、次《つぎ》だ、次《つぎ》だ、出《で》るんだよ。どしどし出《で》るんだ。」

ところがみんなは、もうしんとしてしまって、ひとりもでるものがありませんでした。

「これはいかん。でろ、でろ、みんなでないといかん。でろ。」

画《え》かきはどなりましたが、もうどうしても誰《たれ》も出《で》ませんでした。

仕方《しかた》なく画《え》かきは、

「こんどはメタルのうんといいやつを出《だ》すぞ。早《はや》く出《で》ろ。」

と云《い》いましたら、柏《かしわ》の木《き》どもははじめてざわっとしました。

そのとき林《はやし》の奥《おく》の方《ほう》で、さらさらさらさらさら音《おと》がして、それから、

「のろづきおほん、のろづきおほん、
おほん、おほん、
ごぎのごぎのおほん、
おほん、おほん、」
とたくさんのふくろうどもが、お月《つき》さまのあかりに青《あお》じろくはねをひるがえしながら、するするするする出《で》てきて、柏《かしわ》の木《き》の頭《あたま》の上《うえ》や手《て》の上《うえ》、肩《かた》やむねにいちめんにとまりました。

　立派《りっぱ》な金《きん》モールをつけたふくろうの大将《たいしょう》が、上手《じょうず》に音《おと》もたてないで飛《と》んできて、柏《かしわ》の木大王《きだいおう》の前《まえ》に出《で》ました。そのまっ赤《か》な眼《め》のくまが、じつに奇体《きたい》に見《み》えました。よほど年老《としよ》りらしいのでした。

「今晩《こんばん》は、大王《だいおう》どの、また高貴《こうき》の客人《きゃくじん》がた、今晩《こんばん》はちょうどわれわれの方《ほう》でも、飛《と》び方《かた》と握《つか》み裂《さ》き術《じゅつ》との大試験《だいしけん》であったのじゃが、ただいまやっと終《お》わりましたじゃ。

ついてはこれから連合《れんごう》で、大乱舞会《だいらんぶかい》をはじめてはどうじゃろう。あまりにもたえなるうたのしらべが、われらのまどいのなかにまで響《ひび》いて来《き》たによって、このようにまかり出《で》ましたのじゃ。」

「たえなるうたのしらべだと、畜生《ちくしょう》。」清作《せいさく》が叫《さけ》びました。

柏《かしわ》の木《き》大王《だいおう》がきこえないふりをして大《おお》きくうなずきました。

「よろしゅうござる。しごく結構《けっこう》でござろう。いざ、早速《さっそく》とりはじめるといたそうか。」

「されば、」梟《ふくろう》の大将《たいしょう》はみんなの方《ほう》に向《む》いてまるで黒砂糖《くろざとう》のような甘《あま》ったるい声《こえ》でうたいました。

「からすかんざえもんは

くろいあたまをくうらりくらり、

とんびとうざえもんは

あぶら一升《いっしょう》でとうろりとろり、
そのくらやみはふくろうの
いさみにいさむもののふが
みみずをつかむときなるぞ
ねとりを襲《おそ》うときなるぞ。」
ふくろうどもはもうみんなばかのようになってどなりま

した。

「のろづきおほん、
おほん、おほん、
ごぎのごぎおほん、
おほん、おほん。」

かしわの木《き》大王《だいおう》が眉《まゆ》をひそめて云《い》いました。

「どうもきみたちのうたは下等《かとう》じゃ。君子《くんし》のきくべきものではない。」

ふくろうの大将《たいしょう》はへんな顔《かお》をしてしまいました。すると赤《あか》と白《しろ》の綬《じゅ》をかけたふくろうの副官《ふくかん》が笑《わら》って云《い》いました。

「まあ、こんやはあんまり怒《おこ》らないようにいたしましょう。うたもこんどは上等《じょうとう》のをやりますから。みんな一《いっ》しょにおどりましょう。さあ木《き》の方《ほう》も鳥《とり》の方《ほう》も用意《ようい》いいか。

おつきさんおつきさん　まんまるまるるるん
おほしさんおほしさん　ぴかりぴりるるん
かしわはかんかの　かんからからららん
ふくろはのろづき　おっほほほほほほん。」

かしわの木《き》は両手《りょうて》をあげてそりかえったり、頭《あたま》や足《あし》をまるで天上《てんじょう》に投《な》げあげるようにしたり、一生《いっしょう》けん命《めい》踊《おど》りました。それにあわせてふくろうどもは、さっさっと銀《ぎん》いろのはねを、ひらいたりとじたりしました。じつにそれがうまく合《あ》ったのでした。月《つき》の光《ひかり》は真珠《しんじゅ》のように、すこしおぼろになり、柏《かしわ》の木《き》大王《だいおう》もよろこんですぐうたいました。

「雨《あめ》はざあざあ　ざっざざざざざあ

風《かぜ》はどうどう　どっどどどどどう

あられぱらぱらぱらぱらったたあ

雨《あめ》はざあざあ　ざっざざざざざあ」

「あっだめだ、霧《きり》が落《お》ちてきた。」とふくろうの副官《ふくかん》が高《たか》く叫《さけ》びました。

なるほど月《つき》はもう青白《あおじろ》い霧《きり》にかくされてしまってぼおっと円《まる》く見《み》えるだけ、その霧《きり》はまるで矢《や》のように林《はやし》の中《なか》に降《お》りてくるのでした。

柏《かしわ》の木《き》はみんな度《ど》をうしなって、片脚《かたあし》をあげたり両手《りょうて》をそっちへのばしたり、眼《め》をつりあげたりしたまま化石《かせき》したようにつっ立《た》ってしまいました。

冷《つめ》たい霧《きり》がさっと清作《せいさく》の顔《かお》にかかりました。画《え》かきはもうどこへ行《い》ったか赤《あか》いしゃっぽだけがほうり出《だ》してあって、自分《じぶん》はかげもかたちもありませんでした。

霧《きり》の中《なか》を飛《と》ぶ術《じゅつ》のまだできていないふくろうの、ばたばた遁《に》げて行《い》く音《おと》がしました。

清作《せいさく》はそこで林《はやし》を出《で》ました。柏《かしわ》の木《き》はみんな踊《おどり》のままの形《かたち》で残念《ざんねん》そうに横眼《よこめ》で清作《せいさく》を見送《みおく》りました。

林《はやし》を出《で》てから空《そら》を見《み》ますと、さっきまでお月《つき》さまのあったあたりはやっとぼんやりあかるくて、そこを黒《くろ》い犬《いぬ》のような形《かたち》の雲《くも》がかけて行《い》き、林《はやし》のずうっと向《むこ》うの沼森《ぬまもり》のあたりから、

「赤《あか》いしゃっぽのカンカラカンのカアン。」と画《え》かきが力《ちから》いっぱい叫《さけ》んでいる声《こえ》がかすかにきこえました。

宮沢賢治大活字本シリーズ②

セロ弾きのゴーシュ

2019年 11月4日 第1版第1刷発行
2023年 4月6日 第1版第2刷発行

著 者 宮 沢 賢 治
編 者 三 和 書 籍

発行者 高 橋 考
発 行 三 和 書 籍

〒112-0013 東京都文京区音羽 2-2-2
電話 03-5395-4630 FAX 03-5395-4632
sanwa@sanwa-co.com
http://www.sanwa-co.com/
印刷／製本 中央精版印刷株式会社

ISBN978-4-86251-382-3 C0093